UMA VIDA BELA

VIRGINIE GRIMALDI

UMA VIDA BELA

2ª EDIÇÃO

TRADUÇÃO: Julia da Rosa Simões

Título original: *Une belle vie*

EDITORA RESPONSÁVEL
Flavia Lago

EDITORAS ASSISTENTES
Natália Chagas Máximo
Samira Vilela

PREPARAÇÃO DE TEXTO
Carla Betelli

REVISÃO
Cláudia Cantarin
Natália Chagas Máximo

ILUSTRAÇÃO DE CAPA
Paula de Aguiar

DIAGRAMAÇÃO
Guilherme Fagundes

Dados Internacionais de Catalogação na Publicação (CIP)
Câmara Brasileira do Livro, SP, Brasil

Grimaldi, Virginie
Uma vida bela / Virginie Grimaldi ; tradução Julia da Rosa Simões. -- 2. ed. -- São Paulo : Gutenberg, 2025.

Título original: Une belle vie

ISBN 978-85-8235-784-2

1. Romance francês I. Título.

25-247562 CDD-843

Índices para catálogo sistemático:
1. Romances : Literatura francesa 843

Cibele Maria Dias - Bibliotecária - CRB-8/9427

A **GUTENBERG** É UMA EDITORA DO **GRUPO AUTÊNTICA** 

São Paulo
Av. Paulista, 2.073, Conjunto Nacional
Horsa I . Salas 404-406 . Bela Vista
01311-940 São Paulo . SP
Tel.: (55 11) 3034 4468

Belo Horizonte
Rua Carlos Turner, 420
Silveira . 31140-520
Belo Horizonte . MG
Tel.: (55 31) 3465 4500

www.editoragutenberg.com.br
SAC: atendimentoleitor@grupoautentica.com.br

É como se uma corrente tivesse unido
Invisivelmente nossos pulsos
No dia em que nascemos
Então, se você afundar, eu também afundarei
Mas valorizo demais a vida
*Para permitir que isso aconteça.**

Clara Luciani, "Ma sœur"

---

* C'est comme si une chaîne avait relié / Invisiblement nos poignets / Le jour où nous sommes nées / Alors si tu coules, je coule aussi / Et je tiens bien trop à la vie / Pour que ce puisse être permis. (N. T.)

Para minha irmã.

ONTEM

ABRIL DE 1985

EMMA – 5 ANOS

Minha irmã nasceu hoje de manhã. Que feia.

Toda vermelha e amassada.

Papai perguntou se fiquei feliz, eu disse que não. Não fiquei feliz. Não quero uma irmã. Espero que deixem ela no hospital.

Jamais vou emprestar meus brinquedos pra ela.

Mas gostei do bichinho de pelúcia que ela ganhou.

HOJE
5 DE AGOSTO

EMMA

14h32

O portão não está trancado. Ele range quando o empurro, como se me repreendesse por ter passado tanto tempo sem abri-lo. A tinta branca descascou em alguns lugares, revelando a cor preta original. Depois do roubo, insisti para que Mima instalasse um alarme, além de um cadeado e vários refletores com sensor de movimento ao redor da casa. Ela deu todas as desculpas possíveis: "O gato vai acionar o alarme", "Não vou poder abrir as janelas", "O sr. Malois foi roubado e o alarme não tocou", "É muito caro", "Mas eu não tenho nada para ser roubado", "Me deixe em paz, Emma, você é tão teimosa quanto seu pai".

Sou a primeira a chegar. As venezianas estão fechadas, as ervas daninhas se insinuam por entre as lajes do terraço, os pés de tomate se dobram sob o peso dos frutos. Mima os plantou no dia do meu aniversário. Ela me ligou logo depois, reclamando da terra que ficara incrustada sob suas unhas e resistia à limpeza. "Plantei tomates-coração-de-boi, sei que você gosta", ela me disse. "Vou fazer uma bela salada quando vier me visitar."

Bem ao lado dos coração-de-boi há um pé de tomates-cereja, os preferidos de Agathe. Colho um, limpo-o na blusa e dou uma mordida. A pele se rompe, a polpa explode e suja meus lábios, o suco ácido derrama suas sementes sobre minha língua e a infância bate à porta de minhas lembranças.

– Você já chegou?

A voz de Agathe me dá um susto. Não a ouvi se aproximar. Ela me envolve com seus braços enquanto os meus permanecem caídos. Na família, não somos muito de demonstrar afeto. Menos minha irmã. Ela é pródiga em manifestações de carinho e demonstra seus sentimentos abertamente.

– Que alegria ver você! – ela diz, soltando o abraço. – Depois de todo esse tempo...

Ela se cala e olha para mim. A emoção me invade quando seu olhar encontra o meu.

– Fiquei surpresa quando recebi sua mensagem – ela continua. – Que ótima ideia você teve. Fico triste que a casa de Mima esteja à venda, mas isso não me surpreende, vindo de nosso querido tio. Ele ainda me cobra aqueles vinte centavos que me emprestou quando eu tinha 8 anos, tenho certeza de que em outra vida foi um parquímetro.

– Isso explicaria a cara quadrada dele.

– Com certeza. Se apertarmos o nariz dele, é bem capaz de vomitar um tíquete de estacionamento. Bom, vamos abrir a casa?

Eu a sigo até a porta. O sol ilumina seus cabelos, e longos fios brancos brilham em meio a sua cabeleira loira. Essas marcas do tempo apertam meu coração. Sob meu olhar cotidiano, minha irmãzinha nunca envelhecia. Envelhecemos cinco anos desde a última vez, e de repente Agathe se tornou uma adulta.

– Não sei onde coloquei a chave.

Ela esvazia a bolsa sobre o capacho. A comprida chave de bronze aparece entre uma cartela de chiclete e um maço de cigarros.

– Aqui!

Eu teria preferido que ela não a tivesse achado. Que fôssemos embora sem poder entrar, que tivéssemos de desistir. Eu teria preferido nunca ter proposto à minha irmã que passássemos nossas últimas férias ali, como quando éramos pequenas, antes que a casa pertencesse a outras pessoas. Eu teria preferido nunca saber como seria a sensação de ver a porta se abrir e não ouvir a voz de nossa avó pedindo que tirássemos os sapatos.

ONTEM

SETEMBRO DE 1986

EMMA – 6 ANOS

Agathe fez cocô na banheira de novo. As bolinhas flutuam ao meu redor. Mamãe a tira da água gritando. Ela tem gritado bastante desde que Agathe nasceu.

Quando papai volta do trabalho, mamãe conta o que aconteceu. Ele ri, então ela ri também. Dou um abraço neles.

Amanhã, começo o primeiro ano. Espero ficar na mesma turma de Cécile, mas não na de Margaux. Ela se acha muito com seus cabelos compridos e ainda por cima me chamou de burra porque não sei andar de bicicleta sem rodinhas.

Eu também quero ter cabelos compridos, mas mamãe não deixa. Ela diz que é difícil de lavar, porque tenho cachos. Ela corta meus cabelos bem curtinhos com a grande tesoura laranja. Quando eu crescer, vou ter cabelos compridos como Margaux.

HOJE
5 DE AGOSTO

AGATHE

14h35

Mal entro na casa e o alarme dispara. Ele tem o mérito de secar minhas lágrimas. Emma pula como uma pipoca e enfia os dedos nos ouvidos. Nota mental: se um dia eu planejar um assalto, não vou convidar minha irmã para me acompanhar.

Digito o código no teclado. Mima me passou o número quando estava hospitalizada, para que eu pudesse alimentar o gato.

8085.

O ano do nascimento das duas netas. Abro as venezianas do andar térreo, Emma se encarrega das do andar de cima. Encontro-a no quarto de Mima, parada na frente da cômoda. O porta-joias está aberto, vazio. Ela balança a cabeça:

– O parquímetro obviamente lembrou que tinha uma mãe.

– Eu pagaria uma fortuna para ver a cara dele ao descobrir que a maioria das joias é falsa.

– Ele sabe que estamos aqui?

– Não. Não falo com ele desde o enterro.

Silêncio total. Pronunciei a palavra proibida. Emma não foi ao funeral de Mima, impedida por uma suposta viagem escolar que não podia ser cancelada. Não consigo entender que destino poderia ser mais importante do que a despedida de nossa avó, mas eu não era a pessoa mais indicada para questioná-la.

Descemos de volta à sala. Na toalha de plástico da pequena mesa de madeira, a revista de programação da televisão está aberta na sexta-feira, 27 de maio. Na fruteira, as maçãs estão murchas.

"Leve o queijo e as frutas para a sua casa", Mima me disse quando a visitei no hospital. "Corro o risco de ficar aqui por um tempo, vão acabar estragando."

Recusei por superstição. Ela melhorava um pouco a cada dia, os médicos estavam confiantes.

"Você acha que eu vou comer aquele seu queijo nojento?", perguntei. "Daria para dizimar uma cidade inteira só abrindo sua geladeira. Não sei por que nos damos o trabalho de fabricar bombas nucleares se temos o *camembert*."

Ela riu, então continuei: "Por que você acha que perdeu todos os dentes? Não é a idade, Mima, é o cheiro".

A auxiliar de enfermagem trouxe o jantar, Mima sorriu ao ver a fatia de queijo insípido embalado em celofane e eu a beijei na testa, prometendo voltar no dia seguinte. Às 4h56 da manhã, um AVC mais forte que o anterior levou embora todos os nossos amanhãs.

Emma abre a geladeira:

– Precisamos fazer compras.

– Podemos ir amanhã? Prefiro ir à praia. O tempo está lindo, vamos aproveitar, nunca dura muito aqui.

Seu olhar me diz tudo, ela não precisa insistir. Ela se senta à mesa e começa a escrever uma lista. A lua de mel durou apenas alguns minutos, a rotina está de volta, como se mal tivéssemos nos despedido.

– O que você toma no café da manhã?

– Café – respondo, tentando disfarçar minha decepção.

Ela anota. Seus cabelos estão bem curtos, de perfil ela parece nossa mãe. Eu nunca tinha notado como as duas são parecidas. Dizem que sou a cara do nosso pai, especialmente no nariz. Não tenho certeza se gosto disso, até considerei fazer uma cirurgia para alterá-lo, mas acabei ficando com ele, poderia ser útil. Se um dia eu estiver em um barco e o leme parar de funcionar, por exemplo.

– Que tal vitela esta noite? – sugere Emma.

– Sou vegetariana.

– Desde quando?

– Faz uns dois ou três anos.

– Ah. Mas você ainda come frango?

– Não, mas pode comprar pra você.

– Ah, não, esquece. Vamos comer peixe.

– Também não como peixe.

– Mas do que você se alimenta? Sementes?

– Exclusivamente de sementes, sim. Preciso tomar cuidado, aliás, porque percebi uma coisa estranha. Veja.

Me aproximo dela e levanto a manga da camiseta.

– Não vejo nada – ela diz.

– Aqui, olhe melhor. Não está vendo?

– Não.

– Estou criando penas. Outro dia, botei um ovo.

Ela olha para cima e volta para a lista, porém, apesar de todos os seus esforços, consigo vê-la lutando para não rir.

ONTEM

NOVEMBRO DE 1986

AGATHE – 1 ANO E MEIO

Não.

HOJE
5 DE AGOSTO

EMMA

15h10

O supermercado está quase deserto. Alguns poucos idosos estão ali para aproveitar o frescor do corredor de congelados. Todo mundo está na praia. Imagino as toalhas umas ao lado das outras, os pés das crianças jogando areia nos olhos das pessoas, os gritos de pais preocupados, as risadas e o calor sufocante. Já não vejo nenhum encanto nas ondas em que mergulhei na infância, na areia quente em que pisei na adolescência. Eu costumava contar os dias que me separavam do oceano, ele sempre parecia mais bonito do que na vez anterior, mas hoje consigo imaginar o resto de minha vida sem ele. Não o odeio, é pior que isso. Ele se tornou dispensável.

– Vou pegar o papel higiênico – anuncia minha irmã, afastando-se.

Risco esse item da lista. Eu a dividi em colunas, primeiro os secos, depois os refrigerados, por fim os congelados.

Minha irmã volta com os braços cheios de coisas, e nenhuma parece ser papel higiênico.

– Encontrei brioche com gotas de chocolate! Você se lembra do que Mima fazia?

– Agathe, fizemos uma lista...

– *Você* fez uma lista – ela rebate. – E *você* insistiu para planejarmos todas as refeições da semana.

Não respondo. Estamos juntas há apenas algumas horas e ainda temos sete dias pela frente. Não faltarão momentos de conflito. Ela abre o pacote e arranca um pedaço de brioche com os dedos.

– Quer um pouco?

Ela espera que eu recuse. Pego o pedaço e enfio na boca. Não quero que pense que sou inflexível.

Essa é a arma favorita de Alex, a acusação que ele sempre faz quando destaco sua falta de iniciativa.

"Você corrige o que eu faço o tempo todo; quando encho a máquina de lavar louça, quando cozinho, nunca aprova minhas ideias para sair. Nada do que faço está certo, então não me atrevo a fazer mais nada."

Implacável. E, para ser sincera, ele não está completamente errado.

Por muito tempo, amei sua maneira de estar no mundo, de observar a existência com sua força tranquila, sua capacidade de se deixar levar pela vida, aceitando o que encontrava. Ele era a serenidade que me faltava, embora eu sentisse que não podia conviver com ela. Agarrei-me a Alex para que ele me tirasse da infância. Enfiei minhas angústias em sua estrutura sólida, seus grandes braços me envolveram completamente e me abriguei dentro deles.

Mas o tempo desfigura as qualidades e as faz parecer defeitos.

Agathe fecha o pacote de brioche e me dirige um sorriso desafiador:

– Vou pegar salgadinhos, imagino que não tenha colocado na lista.

Deixo-a dirigir-se ao corredor correspondente, sem avisá-la de que seu rosto está sujo de chocolate.

ONTEM
DEZEMBRO DE 1987

EMMA – 7 ANOS

Passamos o Natal na casa de Mima e vovô. Tio Jean-Yves e os primos Laurent e Jérôme também estavam lá. Dormimos os quatro no quarto de baixo, foi engraçado. Agathe roncava porque estava resfriada e parecia o cortador de grama do papai. Quando acordamos, nem fomos fazer xixi, fomos direto ver embaixo do pinheirinho se o Papai Noel tinha passado.

Na escola, Margaux me disse que ele não existia, eu insisti que sim, mas a professora deu razão a Margaux. Chorei durante o recreio inteiro. À noite, papai me explicou que era bobagem da parte delas, no entanto eu já não sabia quem estava falando a verdade, então chorei de novo. Papai me disse para ficar no quarto, que ele ia provar que o Papai Noel existia, só que eu tinha que jurar que não abriria a porta. Jurei e limpei o nariz na blusa.

Um pouco depois, papai falou comigo atrás da porta do quarto. Ele estava com o Papai Noel, mas eu não podia vê-lo, só ouvi-lo. Senti na barriga algo parecido com cócegas. Uma voz grave disse: "Ho ho ho, Emma, sou o Papai Noel, vim dizer a você que existo e que logo vou trazer presentes para você e sua irmãzinha. Você foi uma boa menina este ano?". Respondi que sim, mesmo tendo roubado algumas batatas fritas do prato de Agathe uma vez. Dizem que ele vê tudo, porém elas estavam gostosas demais.

Ele logo foi embora, mas tudo bem, agora sei que ele existe. Prometi não contar nada na escola, só que acabei contando para a Cécile e um pouco para a Margaux, Olivier, Coumba, Natacha e Vincent, porque é dele que eu gosto.

Os presentes estavam embaixo do pinheirinho, mas vovô e os adultos ainda estavam dormindo, só Mima estava acordada. Tivemos de esperar eles acordarem. Mima nos preparou leite quente e brioche com gotas de chocolate.

Ganhei um Popples de pelúcia e um Speak & Spell. Brinquei com o computadorzinho o dia todo, até tive que trocar as pilhas! É a prova de que o Papai Noel existe, pois é exatamente o que eu tinha escrito na carta que mamãe mandou para ele. A Margaux é uma grande mentirosa.

Agathe ganhou uma boneca Tinnie que faz xixi (eca) e uma Luciole, que é tipo um bichinho de pelúcia com uma luz na cabeça que acende quando apertamos sua barriga. Talvez a gente não precise mais dormir com a luz do corredor acesa, porque não aguento mais. Sei que ela tem crise se fica tudo escuro, mas a luz não me deixa dormir e eu não faço nenhum drama por causa disso. Minha irmã às vezes é fofa, porém era mais fácil antes de sua chegada. Isso eu também escrevi na carta do Papai Noel, só que pelo visto ele não captou a mensagem.

ONTEM
DEZEMBRO DE 1987

AGATHE – 2 ANOS E MEIO

Não qué naná.

HOJE
5 DE AGOSTO

AGATHE

16h01

O calor entra na galeria quando as portas automáticas se abrem. O carrinho está cheio, as compras estão organizadas por categoria em sacos recicláveis. Suspeito que ela tenha considerado uma ordem alfabética.

– Agora que já fizemos sua atividade preferida, vamos à minha?

– Qual?

– *La playa!*

Emma revira os olhos. Ela sabe que não vou desistir, meu dom especial é conseguir o que quero de tanto insistir. Foi assim que fui contratada, foi assim que consegui meu apartamento. Foi assim que fiz o Mathieu ir embora também. Idiota. Na primeira vez que eu estava cogitando pensar a longo prazo, o cara fugiu antes do final do período de testes.

– Você se importaria de me ajudar?

Emma encheu o porta-malas do carro como se fosse um jogo de Tetris. Pego o carrinho para levá-lo de volta, me perguntando se foi uma boa ideia, afinal, passarmos a semana juntas.

Não posso dizer que não amo minha irmã. Ela é, sem sombra de dúvida, a pessoa que mais ocupa um lugar especial em meu coração desde que Mima nos deixou. Mas estou convencida, porque é o que sinto profundamente, de que podemos amar uma pessoa e não suportá-la. Sinto a mesma coisa em relação à cebola.

Às vezes penso que, se não tivéssemos um laço de sangue, eu não conseguiria aturá-la. A única coisa que compartilhamos são nossas lembranças.

– Tudo bem – ela diz, ligando o carro. – Mas vamos para a Chambre d'Amour.

Eu preferiria a praia Les Cavaliers, menos conhecida pelos turistas; tudo bem, vai. Uma concessão de cada uma, uma satisfação para cada uma. Emma dirige, olhando para o horizonte. Seu cenho franzido dá lugar a um largo sorriso quando ela percebe que a estou observando. Sorrio também. Espero que, sob nossas fachadas de adultas, sob nossas vidas opostas, as irmãs Delorme ainda estejam presentes.

16h20

Um comitê de boas-vindas nos espera na casa de Mima. Nosso querido tio Jean-Yves, vulgo parquímetro, e sua mulher Geneviève estão sentados à mesa.

Eles nos observam entrar, com os braços carregados, sem dizer uma palavra.

Na família, não se brinca com as regras de cortesia, e elas estipulam que é o mais jovem que cumprimenta o mais velho. É o tipo de aprendizado que se engole sem mastigar e que se cumpre diligentemente durante toda a vida, sem nunca questionar.

– Bom dia, tio – eu digo, inclinando-me para beijá-lo.

– Oi, meninas. Emma, quanto tempo!

Minha irmã lhe dá um beijo na bochecha, gaguejando:

– Não pude ir ao enterro, não previ que... Fiquei com medo de que... Sinto muito...

Ela fica vermelha, sua desculpa não faz o menor sentido, ninguém prevê esse tipo de coisa. Geneviève a salva sem querer:

– Recebemos uma mensagem informando que o alarme havia disparado. Não sabíamos que vocês pretendiam passar por aqui.

– Decidimos vir uma última vez – responde Emma. – Antes que a casa seja vendida.

– Vocês tinham as chaves? – pergunta Jean-Yves.

– Não, entramos pela chaminé – respondo. – Nossas renas estavam vigiando o trenó na frente da porta.

Minha irmã baixa a cabeça, contendo o riso.

– Vocês podiam ter avisado – diz o parquímetro. – Pensamos que fosse um roubo.

– Pensamos que podíamos vir à casa de Mima quando quiséssemos – respondo.

– Não é mais a casa de Mima.

A última frase de Jean-Yves nos atinge de forma ríspida, até ele parece surpreso. Aliás, nosso tio sempre parece surpreso, com suas sobrancelhas parecidas com acentos circunflexos. Provavelmente desde o dia em que aprendeu na aula de Anatomia que os crânios tinham cérebros. Deve ter sido um choque para ele, coitado.

– Vocês podem ficar, é claro – ameniza Geneviève. – Mas tenham muito cuidado para não danificar a casa, o comprador poderia deduzir as despesas de reparo. Uma empresa vem esvaziar tudo na semana que vem, até lá nada pode ser mexido.

Eu me viro para minha irmã:

– Acha que cancelamos o plano de amanhã?

A isca é imensa, contudo nosso tio se atira sobre ela:

– O que vocês planejaram?

Dou de ombros:

– Ah, nada demais, apenas fazer um filme pornô.

Emma morde os lábios. A esposa do meu tio me olha com comiseração:

– Não somos seus inimigos, meninas. Sempre estivemos aqui para vocês, fizemos de tudo para ajudá-las.

Perco a vontade de rir. Me seguro para não atirar na cara deles o histórico de seu apoio. Seria rápido, já que podia ser resumido em uma só palavra: nada. Não somos sobrinhas deles, somos a pedra em seus sapatos, o reflexo da culpa dos dois. A imagem que refletimos para eles é repugnante, por isso é mais suportável criar outra versão da história. Este é um comportamento humano bastante comum: distorcer a verdade para que ela se ajuste melhor à paisagem, iludir-se com mentiras até acreditar realmente nelas.

– Pretendem ficar por quanto tempo? – pergunta Jean-Yves.

– Uma semana – informa Emma.

O parquímetro e sua mulher trocam olhares. Depois, com ar de quem deseja que saibamos como são generosos sem que percebamos que querem deixar isso bem claro, eles aceitam nos deixar passar esta última semana na casa de nossa avó.

ONTEM

ABRIL DE 1988

EMMA - 8 ANOS

Papai e mamãe brigaram. Estávamos jantando na casa dos Roullier, uns amigos de papai, e de repente mamãe se levantou e disse "Vamos embora", bem na hora da sobremesa, quando chegou a torta de chocolate. Papai falou com ela calmamente, Agathe chorou, eu fiquei emburrada, mas não adiantou, fomos embora. No Renault 5, ninguém falava, só o rádio. Papai disse um palavrão quando anunciaram que Pierre Desproges tinha morrido. Não ousei perguntar nada, devia ser um amigo dele.

Tivemos de ir direto para a cama ao chegar em casa. Nem tivemos permissão de escovar os dentes, pela primeira vez! Eles se trancaram na cozinha, mas dava para ouvir os gritos do nosso quarto. Agathe ficou com medo, ela detesta que gritem. Meu medo era de que eles se divorciassem. Aconteceu com os pais de Margaux, e agora ela só vê o pai nas férias, além de ter ganhado metade de um irmão (não lembro mais como se diz). Eu prefiro continuar com meu pai e apenas uma irmã, obrigada.

Ouvimos uma porta bater. Agathe começou a chorar, então ela veio para a minha cama. Eu li Os cinco *para ela não ouvir mais nada e pensar em outra coisa, mas de qualquer forma os gritos cessaram e Agathe pegou no sono. Ela não parou de se mexer, tenho certeza de que tem bicho-carpinteiro, como diz o papai. Uma hora, fui acordada por algo em minha boca; era o pé dela.*

Quando me levantei, as venezianas ainda estavam fechadas. Abri a porta do quarto de papai e mamãe, os dois estavam lá.

HOJE

5 DE AGOSTO

EMMA

17h12

Eu tinha me esquecido de que a água do Atlântico era tão fria. A da piscina municipal não é quente, mas tem a decência de não congelar os dedos dos meus pés. Eu ia à piscina toda terça-feira de manhã, depois de deixar as crianças na creche. Era o único dia da semana em que elas iam, um acordo feito depois de acirradas negociações entre minha culpa materna e a necessidade de ter um tempo só pra mim. Uma hora. Era o máximo que me permitia, incluindo o banho e a escova.

– Vamos, entra, está boa!

Agathe faz que vai me molhar, no entanto algo em meu olhar a dissuade. As ondas estão fortes, quebram perto da costa e escorrem até a areia, molhando banhistas alegres com sua espuma. O chuvisco faz cócegas no meu nariz. Era assim que eu gostava do mar. Selvagem, impetuoso, imprevisível. Ele não se entrega, precisa ser conquistado. Mima nos ensinou desde muito jovens a compreendê-lo. Todo início de verão, ela nos levava ao clube de surfe para termos aulas de oceano. Nós nos familiarizamos com as marés, a formação das ondas, as correntes, os buracos, as rebentações. Quando eu era bem pequena, fiquei traumatizada com a visão de um corpo sendo retirado da água pelos salva-vidas. A multidão se aglomerara enquanto tentavam reanimar a pessoa com uma massagem cardíaca. Um helicóptero enfim viera buscá-lo. Meu pai me disse para não olhar, contudo minha curiosidade prevalecera, e aquele corpo descorado e sem rosto assombrou minhas noites por muito tempo. Em meus pesadelos, o mar me engolia e depois cuspia meu corpo inerte na areia. As aulas de surfe me ensinaram a domá-lo e, mais tarde, a amá-lo. Na parede do meu quarto, no apartamento de três cômodos em que morávamos em Angoulême, logo no dia 1º de janeiro, eu pendurava o calendário que minha mãe comprava do carteiro e, conforme passava o tempo, riscava cada dia que me separava das férias de verão. Os dias ensolarados finalmente voltariam. Mima, minha irmã, a despreocupação e o oceano.

– Falta pouco! – me encoraja Agathe.

Avanço com dificuldade na água gelada, centímetro por centímetro. Minha irmã já está embaixo d'água, mergulhou imediatamente depois de molhar a nuca. Concentrada em me incentivar, ela não vê a onda que se forma atrás dela.

– Vamos, Emma! Vamos, Emma! – ela está repetindo quando a água bate atrás de sua cabeça e a arrasta rodopiando em um rolo de espuma. Rio tanto que não tenho tempo de mergulhar, a onda também me puxa e acabo girando em todos os sentidos até ser jogada na praia, com as duas pernas para cima e um seio tentando escapar. Procuro Agathe com o olhar e a vejo um pouco mais adiante, levantando-se com a graça de uma ostra.

– Ao que tudo indica, já não temos 15 anos! – ela ri. – Meu maiô tentou me fazer uma colonoscopia.

– O meu estocou areia na parte de baixo. Nunca entendi a necessidade de um bolso na calcinha, preciso cortar esse negócio.

– Vamos voltar?

Agathe não espera minha resposta e sai correndo na direção do mar, pulando as pequenas ondas em seu caminho. A primeira rodada me deixou exausta, só consigo pensar em jogar a toalha e esperar que minha irmã decida voltar. Fico sentada ali, com a bunda dentro de dez centímetros da água, observando-a mergulhar, pular e boiar entre duas ondas. Nuvens escuras se acumulam ao longe, empurradas por um vento novo. Dizem que no País Basco é possível vivenciar as quatro estações em um mesmo dia. Em alguns minutos, vai chover. Agathe faz gestos amplos para mim. Ela tinha razão, a água está boa, eu só precisava me acostumar. Espero que uma grande onda chegue a meus pés e me apresso na direção de minha irmã antes que a próxima se forme.

ONTEM

SETEMBRO DE 1988

AGATHE – 3 ANOS

Bastien pegou minha canetinha azul. Dei um tapa na cara dele.

HOJE
5 DE AGOSTO

AGATHE

18h25

Ela quer ir embora. Consegui adiar dez minutos, mas, quando tentei prolongar um pouco mais, ela me lançou seu olhar fulminante. Voltei para a praia mais rápido do que se tivesse roçado uma barbatana.

– Que tal tomarmos um drinque nos Halles?

Fui pega totalmente de surpresa. Tinha nos imaginado prontas para uma noite de televisão e chazinho, e de repente ela é quem sugere sair.

– Boa ideia!

– Cinco minutos para nos secarmos e vamos nessa?

– De jeito nenhum, prefiro ir molhada e seminua.

Balanço a cabeça. Ela ri. Perdi o ritmo de nossas interações. É uma música que começo a redescobrir. Eu me deito ao lado dela embaixo do guarda-sol. Ela pega uma toalha de banho e se seca minuciosamente.

– Você não gosta mais do sol? – pergunto.

– Faz mal pra pele.

– Foi por isso que se mudou para o polo Norte?

– Estrasburgo não fica exatamente no polo Norte.

– Você não poderia ter ido para um lugar mais distante daqui.

– Era essa a ideia.

Silêncio.

Ela encosta a cabeça no chão e fecha os olhos. Finas veias se delineiam em suas coxas. Ela emagreceu. Parece quase frágil, embora sempre tenha sido a mais robusta de nós duas.

– Vamos?

Ela se levanta e coloca o vestido por cima do maiô retrô, que cobre seus ombros e sua bunda.

Eu a imito, mas me vem uma vontade de chorar.

Não imaginei nosso reencontro assim. Fui ingênua o suficiente para pensar que, se ela insistia em passarmos esta semana juntas, era para nos aproximarmos. De que adianta estar lado a lado se permanecemos distantes?

Caminhamos até minha *scooter* sem trocar uma palavra. Voltamos à época das birras, do "fim de papo". Ela era melhor nesse jogo. Eu estourava. Gritava, chorava, batia, destruía. Ela sempre soube esconder melhor que eu suas tempestades internas.

– Vai devagar, por favor – ela me pede enquanto coloca o capacete.

– Você já me pediu isso na vinda.

Ela queria ter vindo de carro. Consegui dissuadi-la, teríamos levado horas para encontrar uma vaga. Quando ela por fim aceitou que iríamos de *scooter*, fui submetida a um questionário sobre o código de trânsito. Dirigi o mais devagar que a gravidade permitia e, mesmo assim, ela se segurou em minha cintura como a ventosa de um desentupidor de pia. A volta é menos dolorosa, ela decide se segurar nas alças laterais, mas quase sai voando a cada lombada.

– Primeira! – ela exclama quando chegamos à casa de Mima.

Não tenho nem tempo de tirar o capacete e ela já correu para o banheiro. Fumo um cigarro no jardim enquanto espero que ela tome banho. O cinzeiro de barro está encostado na tília. Ele está limpo, e essa constatação é suficiente para fazer meus olhos arderem. Ainda consigo ouvir Mima me repreendendo porque o cinzeiro sempre transbordava de bitucas amassadas. Como sempre, ela é que acabava limpando a sujeira e colocando o cinzeiro de volta onde eu pudesse encontrá-lo. O problema para ela não era o cinzeiro transbordar, e sim o fato de eu fumar. "Você passou três semanas na incubadora para que seus pulmões se desenvolvessem", ela costumava repetir, "e agora se queima por dentro com essa porcaria. Se soubéssemos, teríamos desligado a máquina, teria sido mais barato." Eu já estava acostumada e toda vez tinha a mesma crise de riso. Ela fazia qualquer coisa para nos fazer rir.

O cigarro acaba e queima meus dedos. Acendo outro, em homenagem a Mima. Passei a vida pensando que não sobreviveria à morte dela. Desde que sei que a amo, tenho medo de perdê-la. Quando eu era pequena, toda vez que o telefone tocava tarde, toda vez que ela não atendia imediatamente quando eu ligava, toda vez que as sobrancelhas de minha mãe se franziam ao ouvir uma notícia, eu sabia que ela havia morrido. Não imaginava, eu *sabia*. E chorava sobre seu corpo sem vida, assistia a seu enterro, sentia com violência sua ausência, então descobria que ela estava bem, que era outra coisa, e eu sufocava de felicidade, agradecia ao céu, ao destino, ao telefone, à minha mãe, a tudo o que podia agradecer, e a vida se tornava subitamente deliciosa, maravilhosa, extraordinária. Um psicólogo me disse certa vez que os hipocondríacos eram os que melhor suportavam o anúncio de uma doença grave. Eles praticavam tanto que, quando acontecia, estavam prontos. Mas comigo não é assim. Por mais que tenha ensaiado a vida toda, não estou pronta para a ausência de Mima. Não consigo entender como o mundo pode continuar girando sem o seu eixo. Não vejo como algum dia me recuperarei de ter perdido a única pessoa que nunca me decepcionou.

Emma sai da casa e se junta a mim. Seus cabelos curtos pingam sobre o vestido que ela usa.

– Pode ir – ela diz.

Apago o cigarro, mas continuo sentada na grama. Ela me observa e depois senta a meu lado. Ficamos um momento em silêncio, diante da casa que abriga várias de nossas lembranças. Emma encosta a cabeça em meu ombro e murmura:

– Veja, papoulas.

ONTEM
JULHO DE 1989

EMMA – 9 ANOS

Chegamos à casa de Mima e vovô, depois de uma longa viagem. Agathe fez xixi no carro, ela não quis ir ao banheiro antes de sair de casa. Ela chorou porque estava molhada, mas tivemos que esperar por um posto para poder parar. Eu estava ficando surda, porém papai teve a ideia de colocar a fita de Chantal Goya no rádio, e isso a acalmou.

Assim que entramos no jardim de Mima, vi as papoulas. Tínhamos plantado as sementes com ela durante as férias de Páscoa. Pudemos colhê-las, então minha irmã e eu fizemos dois buquês, um para Mima e outro para mamãe, embora ela não esteja aqui.

É a primeira vez que não vem para Anglet com a gente; ela disse logo antes da viagem que tinha um trabalho importante para terminar. Ela nos deu balinhas em formato de conchas para a viagem, mas papai não deixou que comêssemos no carro para não sujarmos tudo. Agathe não queria se separar dela, eu também não, no entanto mamãe prometeu que nos encontraria logo e nos deu um grande abraço. Ela cheirava a patchouli.

Fizemos a refeição debaixo da tília, uma salada de arroz com tomates-cereja do jardim. Agathe comeu bastante, até roubou um do meu prato, então eu roubei um pedaço de queijo dela.

Eu queria ir para a praia, só que tivemos que esperar a digestão. É sempre assim, não entendo direito que diferença faz, mas uma vez mamãe disse que, quando somos crianças, não precisamos entender, só obedecer.

A água estava boa, contudo as ondas estavam grandes demais, então brinquei na beira com Agathe e Mima enquanto papai e vovô nadavam. Construímos um castelo incrível, eu cavei um fosso em torno dele e Mima juntou conchinhas para decorá-lo, mas não conseguimos mostrá-lo a papai, porque Agathe pulou em cima e destruiu tudo. Atirei areia no rosto dela e ela atirou o ancinho de plástico na minha cabeça. Mima pediu que déssemos um beijo uma na outra, e depois brincamos de correr mais rápido que as pequenas ondas da beira do mar. Foi engraçado, principalmente quando Agathe caiu.

Mima não parava de nos beijar e de dizer que nos amava. Agora que penso sobre isso, acho que ela se comportou assim porque sabia o que iria acontecer à noite.

Chegando em casa, corri para o banheiro gritando "Primeira!". Agathe chorou, então amanhã vou deixar que ela tome banho primeiro. Quando saí, tio Jean-Yves, tia Geneviève e meus primos tinham chegado. Fiquei feliz, mas não por muito tempo, porque papai levou Agathe e eu para o quarto em que ele dormia quando era pequeno e disse que precisava conversar conosco sobre algo importante. Até tivemos permissão para comer as balinhas de conchas, mas não comi tudo porque ele estragou tudo. O dia tinha sido ótimo até então, mas na verdade ele se tornou o dia em que papai e mamãe se divorciaram.

ONTEM
SETEMBRO DE 1989

AGATHE – 4 ANOS

Papai vem nos buscar em casa, mas mamãe não quer. Eles gritam alto, coloco os dedos nos ouvidos para não ouvir.

Mamãe diz que ele é malvado. Eu acho que papai é legal.

Vou para a cama de Emma. Ela me empurra, mas depois diz que tudo bem e eu durmo com ela e com Luciole.

HOJE
5 DE AGOSTO

EMMA

19h43

Fazia uma vida que eu não vinha aqui. Os Halles de Biarritz não mudaram, os terraços dos bares e restaurantes transbordam de famílias, casais, colegas e amigos, que se misturam em um burburinho festivo. Nós nos sentamos em torno de uma mesa alta, Agathe me pergunta o que quero beber e vai até o bar fazer o pedido. No caminho, ela cumprimenta duas pessoas, e a garçonete a abraça. Esse é seu território.

– Que loucura. Sinto como se ainda tivesse 20 anos, apesar de estar chegando aos 40.

– Nem me fale. Eu já passei desse marco.

A garçonete traz duas taças de vinho e algumas *tapas*.

– Às manas Delorme – diz Agathe, levantando sua taça.

– A nós.

O silêncio se instala. Minha irmã devora os espetinhos de queijo de ovelha, eu ataco as torradas com patê de pato. Não sei se não temos nada para conversar ou se temos muito a dizer e não sabemos por onde começar. Há um vazio de cinco anos em nossa história.

– Você tem uma foto da Alice? – ela me pergunta.

Pego meu telefone e mostro uma foto de minha filha. Agathe segura o celular e vai passando as imagens:

– Ela é linda. Me pergunto a quem puxou.

– Provavelmente a tia. Já aviso que tem centenas de fotos aí.

– Você é muito babona?

– Completamente. Preciso me segurar para não morder minha filha. Ela tem personalidade forte, muitas vezes faz eu me lembrar de você.

Ela sorri.

– E o Sacha? Ele deve ter crescido muito!

Abro a pasta com as fotografias de meu filho e devolvo o telefone para ela.

– Ele acabou de fazer 10 anos. Calça o mesmo número que eu e já bate no meu queixo.

– O tempo passa tão rápido... Eles se dão bem?

– Superbem. Eu ficava apreensiva, eles têm sete anos de diferença, mas o mais velho é muito protetor e a pequena adora o irmão. É claro que eles brigam de vez em quando, mas têm uma relação muito bonita. Espero que dure...

Agathe toma vários goles de vinho, depois acende um cigarro:

– Existe pouca coisa mais forte do que o laço entre irmãos. Por mais que se tente, não dá pra se livrar tão fácil assim de uma infância inteira juntos, ela fica grudada na pele.

Antes que eu possa reagir, um sujeito alto e moreno se convida para nossa mesa e coloca pesadamente o braço em torno dos ombros de minha irmã:

– Estou observando você há um bom tempo e preciso muito fazer uma pergunta.

– Você também precisa muito tirar as mãos de cima de mim – avisa Agathe.

– Você se machucou?

– Machuquei? Por quê? – ela se espanta.

– Porque você parece um anjo que caiu do céu.

Eu me seguro para não rir. A resposta dele é asquerosa. Agathe se solta do abraço e responde na mesma medida:

– Ah, caí sim, mas o segurança me segurou. Onde foi que ele se meteu?

O sujeito acha graça, imune ao desconforto da pessoa à frente dele.

– Vamos lá, seja legal! – ele insiste. – Você é linda demais para ser arrogante. Qual é o seu nome?

– Monique.

– Prazer, Monique. O que faz da vida?

– Sou faquir, sempre carrego uma tábua de pregos, meu traseiro é um queijo suíço.

Cuspo o que tinha na boca. O sujeito, por outro lado, parou de sorrir. Coloco a mão no ombro dele, para que perceba minha presença.

– Por favor, você poderia nos deixar em paz?

– Ah, aí está! – ele responde. – Você parece menos idiota que a sua amiga!

Agathe não diz mais nada, ela sabe como detesto escândalos. Vejo que ela se fecha, temo um conflito. Ninguém notou nada até o momento, e eu gostaria que continuasse assim, mas sinto meu sangue ferver.

– Meu caro, minha irmã já deixou claro que não deseja interagir com você. Portanto, seria muito gentil de sua parte se, com suas manchas de suor nas axilas e seu carisma de mexilhão, você fosse ver se estamos lá na esquina.

A mandíbula de Agathe cai. O sujeito balança a cabeça e se afasta com uma risada sarcástica:

– Eu só queria ajudar – ele diz com desdém. – Vocês não devem ser muito abordadas.

Ele dá meia-volta e se afasta na multidão. Enquanto isso, a garçonete coloca duas novas taças na mesa. Agathe levanta a sua:

– Às irmãs Delorme, e aos mexilhões!

ONTEM

JANEIRO DE 1990

AGATHE – 4 ANOS E MEIO

Papai tem uma nova namorada. Mamãe não quer que eu a chame de mamãe, mas, de qualquer forma, ela se chama Martine. Ela comprou para mim uma Barbie Brilho das Estrelas com um vestido que brilha no escuro. Ela é legal.

Seu filho se chama David, ele é grande.

Papai construiu uma prateleira com a máquina que faz um barulhão e arrumou nela meus livros preferidos: Aldo, o cordeirinho *e* Leonardo, o leopardo. *Ele lê as palavras e eu olho as imagens. Tenho um quarto só para mim, e Emma tem um banheiro só dela.*

Papai pegou uma fita de vídeo na loja. É a história de um coelho chamado Roger e de uma mulher de cabelos vermelhos que se chama Jessica, e uma hora um homem malvado mergulha um belo sapato em um produto químico e ele desaparece. Eu choro, então papai desliga a televisão, pede desculpas, diz que sou muito pequena, e depois brincamos de Pega Varetas.

De noite, tenho muito medo quando estou sozinha, então vou para a cama de Emma. Ela não diz nada. Vou para a cama dela todas as noites na casa de papai, ela me dá um pouco de espaço e eu consigo dormir.

Depois, papai nos faz uma surpresa, vamos a um lugar cheio de cachorros dentro de gaiolinhas. Papai escondeu uma coleira no bolso e o senhor nos dá um cãozinho que estava à nossa espera. Ele se chama Snoopy, é marrom, fico feliz. Ele é engraçado, Emma diz "Senta" e ele senta, o rabo dele está sempre abanando e ele nos segue para todos os lugares, até quando vou fazer xixi. Papai não quer que ele suba no sofá, então Emma e eu nos sentamos no tapete e papai se junta a nós.

Fico triste quando papai nos leva de volta. Ele fala sem parar, mas seus olhos ficam úmidos. Eu aceno para me despedir e ele vai embora, e mamãe abre a porta e diz que sentiu nossa falta. Ela nos beija e pergunta se Martine estava lá e joga a Barbie Brilho das Estrelas no lixo.

HOJE
5 DE AGOSTO

AGATHE

22h13

Emma não quis admirar o pôr do sol. Eu tinha me esquecido de que ela não gostava dessas coisas. De minha parte, é um de meus espetáculos preferidos, ao lado do rosto do Brad Pitt. Assisti tantas vezes ao filme *Lendas da paixão* que meu nome deveria aparecer nos créditos. Especialmente a cena em que Brad, fora de casa há anos, reaparece galopando na paisagem grandiosa de Montana, cercado por cavalos selvagens. Eu teria feito com prazer o teste para interpretar o cavalo dele.

– Vou dormir – anuncia Emma ao abrir o portão de Mima.

– Já?

– A viagem me deixou cansada e ainda preciso arrumar a cama. Posso ficar no quarto do papai?

– Se quiser. Fico no quarto do tio.

Ela começa a subir os degraus, então para:

– Boa noite, irmãzinha.

– Boa noite, irmãzona.

Por um instante, tenho a sensação de que Emma quer me dizer algo mais, mas ela continua subindo a escada. Vou para a parte de trás da casa, pego as almofadas na despensa e deito no balanço do jardim. O céu está pontilhado de estrelas; olhando fixamente, dá para ver a Via Láctea.

Irmãzinha. É o que sou. Nasci como irmã caçula, morrerei como caçula. Tenho uma convicção profunda de que a posição na família imprime, ou mesmo determina, o adulto que nos tornamos. Eu provavelmente seria diferente se fosse a mais velha. O primeiro filho traça o caminho, ocupa todo o espaço, atrai toda a atenção. A atenção dos pais sobre ele, as preocupações que o cercam, a intensidade das primeiras vezes. Para muitos, a família nasce com o primeiro filho. Os seguintes a ampliam, mas o primeiro a inaugura. Ele adquire, assim, uma importância e uma responsabilidade que os que vêm depois não podem conhecer. Esses chegam em um espaço já ocupado. A atenção é compartilhada, as preocupações diminuem, as primeiras vezes já foram experimentadas. Eles têm um modelo a ser *seguido* ou *contraposto*. Seu caráter se define em reação, em comparação: fazem mais barulho ou menos birras, são mais disso ou menos daquilo. Não sei qual posição é a mais invejável. Cada uma tem suas vantagens e desvantagens. Só sei que sou a segunda, a última, a mais nova, a que veio depois, e que isso tem marcado profunda e visceralmente toda a minha vida.

Acendo um cigarro e pego o telefone. Mathieu não respondeu à minha mensagem. Ele a visualizou, como indica o pequeno sinal azul na parte inferior da tela. Mentalmente, formulo a próxima mensagem que escreverei antes de me obrigar a não enviar mais nenhuma linha. Meu orgulho desapareceu junto com ele. Tenho consciência de estar jogando contra mim mesma ao inundá-lo de súplicas, mas é mais forte que eu. Começo a mexer freneticamente nas contas de minha pulseira, quando a cabeça de Emma aparece na janela do andar de cima.

– Agathe, venha aqui!

– Estou indo.

Apago o cigarro no chão, quase posso ouvir Mima reclamar, e vou até o quarto de minha irmã. Ela está na frente do telefone. Na tela, uma menininha e um menino de cabelos cacheados.

– Crianças, digam oi para a tia de vocês.

– Oi, titia!

Sacha não deve ter nenhuma lembrança de mim, ele tinha 5 anos na última vez em que me viu. Alice só me conhece pelas palavras dos outros. É diante deles, tão crescidos, que tomo consciência do tempo que passou. É isso, cinco anos de ausência. Uma gravidez, os primeiros passos, vários anos escolares, joelhos ralados, desenhos nas paredes, dentes que caíram, histórias para dormir, sapatos trocados, festas escolares, falas tatibitates. Cabem tantas memórias em cinco anos.

Trocamos algumas palavras, eles agem com naturalidade, eu me sinto um tanto sem jeito, rio um pouco alto demais, não quero que pensem que estou emocionada.

Alex aparece na tela:

– Oi, Agathe! Bom te ver.

– Igualmente!

Ele também passou por muita coisa nesses cinco anos, como a perda de quase todos os cabelos.

– Quando vem nos visitar? – ele pergunta.

– Sim! – exclama Sacha. – Vem aqui em casa!

– Ela vai vir agora? – pergunta Alice.

Dou outra risada:

– Não, meu amor, mas irei outro dia. Prometo!

O telefone treme um pouco. Eu o tiro da mão de minha irmã e o apoio em uma pilha de roupas na prateleira. Faço perguntas às crianças, me informo sobre meu cunhado, vejo Emma em seus papéis de mãe e esposa, e não no de irmã, como eu a conheço, e então Alex diz que já está tarde, que as crianças precisam ir para a cama, e a tela se apaga. Minha irmã me diz que também gostaria de ir para a cama, ela me beija e fecha a porta. Volto para o balanço, o cigarro e a pulseira de contas, pensando que, apesar da tela entre nós, apesar do país entre nós, aquela coisa da qual participei por alguns minutos se assemelhava muito a uma família.

ONTEM

JUNHO DE 1990

EMMA – 10 ANOS

Caro Diário do Mickey,

Vi que podemos escrever para você para fazer perguntas, e eu tenho uma. Desde que vi Imensidão azul, *sonho trabalhar com golfinhos. Gostaria de saber o que devo estudar. Espero ter uma resposta (escrevi para a revista* Star Club, *mas não recebi resposta).*

Emma.

P.S.: não gosto muito do Donald, ele está sempre irritado.

HOJE

6 DE AGOSTO

EMMA

7h10

Não consigo mais dormir. Tem acontecido com frequência ultimamente. Pensamentos sombrios me tiram o sono e, para fugir deles, preciso me levantar.

Isso costumava ser uma característica de Agathe. A ansiedade era seu território. O meu era o pragmatismo. Emma sabe lidar com situações complicadas. Emma vai resolver as coisas. Emma é tão madura. Vesti a carapuça que colocaram em mim sem perguntar se ela me servia. Aos 42 anos, descubro que me sinto sufocar dentro dela.

Ouço Agathe roncar do outro lado da parede. Ela foi dormir tarde. Às 2 horas da manhã, ouvi a maçaneta da porta da frente. Me visto e desço as escadas, evitando o degrau que range. O sol, recém-acordado, se insinua pelas frestas das venezianas. Abro as janelas e o frescor da manhã invade a sala. E me deixo cair na poltrona.

Era o lugar de Mima. Por sessenta e dois anos, o lugar onde ela se sentou todas as manhãs. Onde leu centenas de livros, tricotou inúmeros suéteres, escreveu poemas, corrigiu provas de alunos, descascou batatas, embalou os filhos, chorou por um deles, penteou meus cabelos. Na mesinha perto do braço da poltrona, reconheço o caderno em que anotava todas as suas receitas. A maioria vinda de sua mãe, que por sua vez as recebera da mãe, e o caderno estava destinado a nós. Ela vinha de uma época em que eram as mulheres que cozinhavam, nunca lhe teria ocorrido deixá-lo a nossos primos. Folheio as páginas, algumas com marcas de fritura ou glacê, e cada receita desperta uma memória. Espaguete com almôndegas, cuscuz, rocambole de carne, *oreillettes*, *tiramisù*, *millas*, ravióli de ricota, *farfalle* com abobrinha, lasanhas, *campanare*, sorvete de kiwi, bolo de laranja. Vejo-a de novo em sua pequena cozinha sem bancada, com o avental na cintura. Eu devia ter 16 anos quando ela colocou na cabeça que precisava me ensinar a fazer nhoque. Tinha mais vontade de ir à praia com a vizinha, mas sentia que essa transmissão era importante para ela. Concordei magnanimamente em lhe conceder um pouco do meu tempo, avisando minha amiga que me juntaria a ela em breve, convencida de que em uma hora, no máximo, tudo estaria resolvido. Quatro horas depois, o prato estava pronto, Mima satisfeita, minha irmã faminta e eu pronta para cortar os pulsos com uma casca de cebola. Minha avó enfiou os dentes de um garfo em um nhoque e o colocou na minha boca antes que eu tivesse tempo de reagir. Mastiguei olhando para o céu e decretei que ele não era diferente dos nhoques embalados a vácuo que comprávamos no supermercado.

A última página do caderno está toda preenchida por uma letra trêmula, que contrasta com a escrita firme e reta das primeiras receitas. Essa constatação aperta meu coração. Em minha mente de criança, minha avó sempre foi uma pessoa idosa. Só recentemente me dei conta de que ela não tinha nem 50 anos quando nasci. Meus filhos me veem como eu a via, imagino. Não a vi envelhecer. Perdi seus últimos anos. Ligávamos uma para a outra com frequência, eu enviava fotos, mas não a visitava. Eu achava que tinha tempo, não imaginava que ela poderia desaparecer um dia. Ela foi a única que nunca nos abandonou. Era a figura sólida, a referência imutável. Em minha fuga, fiz minha avó ser um efeito colateral.

Preciso de ar.

Pego minha bolsa, as chaves do carro e saio de casa.

7h42

Não sei como acabei aqui. Dirigi sem rumo, levada pelas lembranças dos verões passados. O mar está a meus pés, a água toca meus dedos. Está calmo hoje. O sol aquece minhas costas, levanto o vestido e dou alguns passos. A praia está quase deserta. Um senhor idoso caminha em direção à água, seguido por uma nuvem de gaivotas. Ele usa um calção de banho e tem cabelos brancos até os ombros. Eu o reconheço, ele faz parte da paisagem basca há muito tempo. Todas as manhãs, faça chuva, vento ou neve, esse homem vem alimentar os pássaros. Ele enfia a mão em uma bolsa e o balé começa: ele atira a comida na água, as gaivotas mergulham para alcançá-la, uma delas, mais rápida, pega a comida e se afasta, enquanto as outras voam ao redor do homem. Diz a lenda que ele só gosta de animais, que insulta qualquer um que ouse lhe dirigir a palavra. Abstenho-me de fazer isso e observo o espetáculo em silêncio.

A água está na altura das minhas coxas. Uma onda maior se forma ao longe. Eu me viro para recuar, tento correr, mas a correnteza me impede, como se eu estivesse parada; porém não desisto, tento ajudar com os braços, me impulsiono, me estico e caio estatelada de cabeça.

O senhor idoso se vira e me encara. Faço um gesto com a mão, sorrindo.

– Vá se foder! – ele grita cordialmente para mim.

Nenhuma onda no horizonte. Deixo meu corpo flutuar na superfície e abro os braços. Meus ouvidos estão submersos, não ouço nada além de um silêncio abafado. O sol espalha seu calor pelo meu rosto. O balanço do oceano me embala e no mesmo instante me acalma. Inspiro fundo, expiro fundo, várias vezes, e saio da água antes que uma nova série de ondas se inicie.

Fico parada cerca de dez minutos, observando uma senhora passeando com seu cachorro e um jovem se preparando para surfar. Meus cabelos secam depressa, é uma das coisas que aprecio em tê-los curtos. Pego minha bolsa e meus sapatos e subo em direção ao estacionamento. Meu vestido molhado parece pesar uma tonelada e gruda em minhas pernas. O homem continua na areia, embora as gaivotas o tenham abandonado depois que conseguiram o que queriam.

– Tenha um bom dia, senhor!

Ele me olha como se eu o tivesse ofendido gravemente e me responde no mesmo tom:

– Cale a boca, sua bostinha!

ONTEM

DEZEMBRO DE 1991

AGATHE – 6 ANOS

Sou a primeira da turma. Já ocupei esse posto no mês passado, mas dessa vez não acreditei, porque Céline escreve as maiúsculas melhor do que eu. O professor me deixa escolher uma imagem da caixa. Já tenho todas elas, são as que vêm nas caixas de chocolate em pó, porém não digo nada, vou dar para Céline.

Papai e mamãe vão ficar contentes, e Emma vai me dar sua vitrolinha, ela me prometeu. Minha irmã não vai precisar mais dela, já que no Natal vai ganhar um gravador de fita cassete. Ela disse que vai me dar também o disco do Roch Voisine, sei as letras de cor. Mamãe também adora ele, mas prefere o Patrick Bruel.

A diretora entra na sala e chama meu nome. Todos me olham, não entendo, espero que seja para me dar outro prêmio. Vou atrás dela, sinto um pouco de medo, e vejo mamãe no pátio. Ela está com o casaco verde e tem os olhos vermelhos, começa a chorar quando me vê. Talvez porque esteja feliz. Ela tenta falar, mas não consegue, então a diretora me diz que papai sofreu um acidente.

ONTEM

DEZEMBRO DE 1991

EMMA – 11 ANOS

Mamãe não sabia direito se devíamos estar presentes no enterro, porém Mima nos disse que era importante.

Não tem muita gente. O único enterro que vi foi o de Coluche na televisão, havia muito mais gente. Mas meu pai também era um homem bom.

Mima não para de acariciar nossos cabelos. Vovô segura o braço dela, ela quase caiu ao entrar na igreja. O padre chamou papai de Alain, quando na verdade o nome dele é Michel. Isso fez meu primo Laurent rir, ele não conseguia parar, então tia Geneviève o levou para fora.

A cerimônia demora, está frio, é preciso levantar, sentar, levantar, sentar, e o padre só fala de Jesus, quando na verdade quem morreu foi papai.

Mamãe chora muito, talvez ela ainda o amasse, na verdade.

Martine está no fundo da igreja com David. Não ousei dizer oi pra ela, mamãe já está sofrendo bastante.

Temos um minuto para pensar em papai, e a única coisa que me vem à mente é o último domingo. Estávamos assistindo a SOS Malibu, *e uma hora Mitch Buchannon disse que tinha encontrado um orifício rugoso em um barco. Papai começou a rir, não entendi por quê, então ele me explicou e rimos juntos. Agathe quis saber também, mas papai não disse mais nada porque ela era muito nova. Ele me pediu para não contar para mamãe, eu prometi, só que contei mesmo assim, e ela disse que ele é muito engraçadinho.*

Saímos da igreja e uns homens vêm pegar o caixão. Caminhamos até o cemitério, que fica ao lado. O céu está alaranjado, o sol está se pondo, é a primeira vez que acho isso triste. Minha mão direita está congelada. Com a esquerda, desde que papai morreu, seguro a mão de minha irmãzinha.

HOJE

6 DE AGOSTO

AGATHE

9h

Dormi demais. Tem acontecido bastante, ultimamente. O sono me tira dos pensamentos sombrios. Para fugir deles, preciso encontrá-lo, é o único lugar onde as angústias e a melancolia me deixam em paz.

O alarme do celular me faz pular. Abro um olho para acertar a mira e toco o retângulo que me permite dormir por mais nove minutos.

9h09

Preciso me levantar.

Estou tão bem na cama.

Ah, só mais um pouquinho.

9h18

Nove minutos a mais não vão fazer diferença.

9h27

Última vez.

Prometo.

9h36

A última vez, mesmo.

Última vez mesmo, ultimíssima vez, última ultimíssima vez.

Droga, fiquei com isso na cabeça.

9h45

Só um pouco de força de vontade, Agathe.

Só.

Um.

Pouco.

9h54

Emma entra no meu quarto e abre as venezianas.

– Hora de levantar! São quase 10 horas e temos uma programação cheia!

Puxo o lençol sobre o rosto, resmungando.

– Que programação?

– Vamos para La Rhune.

Me endireito bruscamente:

– De trem?

– De jeito nenhum. Faz tempo que falamos em ir a pé, o momento chegou.

Me deito de novo.

– Boa noite, Emma.

Ela sai do quarto rindo:

– Vamos, se arrume logo e coloque sapatos confortáveis. Te espero lá embaixo!

La Rhune é um pico dos Pirineus que se pode ver de Anglet. Mima nos levou lá várias vezes a bordo do lendário trem de cremalheira dos anos 1920. Lá no alto, a vista do País Basco e da costa é extraordinária, mas, tendo o nível atlético de um martelo, não descarto a possibilidade de chegar carregada em uma maca.

11h52

Não sei de onde ela tira esse poder. Ela sempre consegue me convencer. Estava decidido, de forma alguma eu subiria a pé até La Rhune. E aqui estou eu, com meus tênis mais confortáveis, garrafa de água na mão, prestes a entrar na trilha.

– Tudo bem? – ela me pergunta.

– Ótimo. É o melhor dia da minha vida.

– Não se preocupe, vamos no seu ritmo.

– Então não chegaremos nunca, meu ritmo é o ponto morto.

Ela ri. Emma sempre foi a mais atlética. Começou a ginástica no primeiro ano e competiu até o ensino médio. Quanto a mim, tentei judô, dança, atletismo, handebol e natação, e a conclusão dessa pesquisa exaustiva é inequívoca: o esporte não quer saber de mim.

11h58

Ainda estou viva. PONTO.

12h11

É até agradável, no fim das contas. Caminhamos devagar, o que nos permite admirar a paisagem. Paramos por um minuto para acariciar alguns pôneis. Eu que tive que reiniciar a caminhada, senão ainda estaríamos lá.

12h18

Um fenômeno estranho está acontecendo. Meu relógio informa que estamos caminhando há vinte e seis minutos, mas minhas pernas gritam que estamos caminhando há vinte e seis horas. Um dos dois está mentindo, e eu tendo a acreditar no meu corpo.

12h22

O relógio de minha irmã mostra a mesma coisa que o meu. Ou existe uma solidariedade entre os relógios, ou eles estão dizendo a verdade.

12h30

Quanto mais queremos que o tempo passe rápido, mais ele se arrasta. Ele é do contra. Tenho certeza de que é de Escorpião.

12h31

Acabamos de ser ultrapassadas por um grupo de aposentados com bastões. Eles nos cumprimentaram, e eu me segurei para não transformá-los em espetinhos.

12h32

Emma propõe uma pausa. Deduzo que devo parecer estar à beira da morte, mas não tenho forças para me ofender. Sentamos em uma pedra afastada do caminho.

– Se quiser, podemos pegar o trem para descer – ela sugere generosamente.

– Isso ou a ambulância, como preferir.

– Confesso que eu não esperava que fosse tão cansativo.

Coloco a mão no ombro dela.

– Deve ser mesmo bem difícil na sua idade.

Ela faz cara de ofendida.

– Cuidado, logo, logo vai se juntar a mim nos quarenta!

– Nem me fale. Conto com você para me apadrinhar. Preciso de alguém para me ajudar a escolher fraldas e papinhas.

Ela cai na gargalhada:

– Vadia!

– Viu só, já está começando a surtar.

12h45

A velhinha se vinga acelerando o passo.

13h

– Quer fazer outra pausa? – sugere Emma. – Eu trouxe sanduíches.

Nós duas nos sentamos à sombra de um pinheiro, e devo admitir que o panorama é mais agradável do que a vista da minha cozinha. O País Basco desdobra seus tons de verde, nuvens pairam aqui e ali, vacas nem tão selvagens pastam a poucos metros de nós. O que mais impressiona é o silêncio. Além dos passos dos caminhantes e dos sinos no pescoço das vacas, não há nenhum barulho. É quando não o ouvimos mais que percebemos que ele está presente o tempo todo. Até a balbúrdia na minha cabeça diminuiu.

Emma me oferece um sanduíche:

– Presunto da região – ela anuncia.

– Ainda sou vegetariana.

– Estou brincando! Preparei um de *roquefort* com nozes.

Odeio *roquefort*. Odeio todos os queijos fortes, mas *roquefort* é o pior. Saber que é o mofo que lhe confere gosto me deixa enjoada. Ela deve ter se esquecido. No entanto, tocada por seu gesto, dou uma mordida no sanduíche (tomando cuidado para pegar bastante pão) e finjo estar adorando.

13h23

Procuro motivação para seguir em frente desde que terminei a única mordida de sanduíche que consegui engolir. Emma pensou que eu não tinha gostado, e eu disse que o pão recheado de chocolate que comi antes de sair cortou meu apetite. Ela fecha a mochila e a coloca nas costas.

– Sabe o que Mima diria?

– Que suas ideias são péssimas.

– Pare com isso, tenho certeza de que você está se forçando a ser negativa e que está adorando essa subida.

– Você me pegou – respondo em tom sombrio. – E então, o que Mima diria?

– Que não se deve fazer esforço depois de comer.

Olho para ela sem tentar entender, e Emma continua:

– E que está quente demais para essa bobagem.

Estou a ponto de pular no pescoço dela, mas a culpa me detém.

– Emma, estou penando, mas você me conhece: sempre exagero. Não quero que se prive por minha causa.

Ela me garante que está tudo bem, eu garanto que vou conseguir, Emma insiste que pode muito bem desistir, e, depois de uma reviravolta improvável em que quase suplico que ela suba a maldita montanha, minha irmã ganha de novo e voltamos por onde viemos.

ONTEM

ABRIL DE 1992

AGATHE – 7 ANOS

Hoje faço 7 anos. Recebi um envelope de Mima, como todos os anos. Dentro dele, havia uma pérola, que guardei com as outras, e um poema escrito em um cartão-postal de cavalos.

Mamãe me disse que eu tinha a idade da razão, mas que isso não significava que eu estava sempre certa.

Tive permissão para convidar cinco amigas para vir aqui em casa: Caroline, Olivia, Aziza, Marjorie e Céline, mas depois desconvidei Céline, porque ela tirou uma nota melhor do que a minha no ditado.

Marjorie me deu umas bonecas Polly Pocket, ela é minha nova melhor amiga.

Não temos mais um jardim, aparentemente mamãe não podia mais pagar a casa, então agora moramos em um apartamento no terceiro andar. Talvez seja por isso que ela não quis ficar com Snoopy e o deixou voltar ao canil depois que papai morreu.

Minhas amigas queriam brincar no estacionamento, mas mamãe não deixou, ela disse que não deveríamos ficar do lado de fora por causa dos adultos que faziam mal às crianças.

Ela nos deixou usar o aparelho de som e nos emprestou todos os seus lenços e sapatos de salto, até passou batom na gente. Nós nos emperiquitamos e dançamos, Emma colocou sua música favorita ("Rhythm is a Dancer", do Snap!) e nos mostrou a coreografia, foi divertido.

Mamãe tinha se esquecido de comprar o bolo, fiquei triste e chorei, então ela me repreendeu, disse que eu não estava sendo gentil, que ela tinha o direito de cometer erros, que eu nunca estava satisfeita. Não é verdade, às vezes fico muito satisfeita. Depois, veio me dar um beijo e fez panquecas. Eu nunca tinha comido panquecas tão deliciosas, e mamãe disse que era por causa do ingrediente secreto (não sei como se chama, mas é o que ela sempre bebe da garrafa).

Foi um aniversário realmente incrível, só faltou o papai.

ONTEM

NOVEMBRO DE 1992

EMMA – 12 ANOS

Ouço Agathe chorando. Primeiro, pensei que fosse o gato do vizinho, ele não para de miar à noite, mas tenho certeza de que é ela. Não sei se vou até lá, amanhã tenho prova de Ciências e preciso tirar nota boa. Da última vez, tirei zero porque não consegui dissecar a rã. Em vez disso, vomitei nos sapatos da sra. Rabot, ela não gostou muito. Mamãe disse que, se meu boletim do segundo trimestre não for bom, não irei para a casa de Mima e do vovô no verão, e isso é terrível.

Mas ela está chorando muito.

Saio da cama na ponta dos pés, mamãe está assistindo à televisão, ela não consegue me ouvir. Vou até lá guiada pela luz da rua. Já faz um tempo que não fecho as venezianas.

Agathe está abraçada à sua Luciole, sua cabeça está acesa (a de Luciole, não a de Agathe).

– O que você tem? – pergunto sussurrando.

– Não consigo dormir.

– Não se preocupe! Não precisa ficar doente por causa disso.

Começo a voltar, mas ela me diz que está com medo.

– Medo do quê?

– De terremotos.

Rio um pouco, porém ela chora mais ainda. Eu me sento na cama e explico que não há terremotos em Angoulême.

– E vulcões?

– Vulcões também não, Gagathe.

Ela revela então que a professora contou a história dos moradores de um vilarejo que morreram todos sob a lava por causa de um vulcão que entrou em erupção certa noite.

– Não quero morrer, Emma, sou pequena demais!

– Espere aqui, já volto.

Na ponta dos pés, vou até meu quarto e volto com meu atlas. Há uma página sobre vulcões, leio para ela e ela fica um pouco mais tranquila. Continuo na página sobre terremotos, e no final Agathe não chora mais. Fico mais um pouco com minha irmã e volto para minha cama, porque amanhã tenho prova de Ciências.

HOJE
6 DE AGOSTO

AGATHE

16h49

– Eu gostaria de saber onde está o gato.

Emma dá de ombros, absorta na leitura do caderno de poemas de Mima. Ela não conheceu Robert Redford, adotado por nossa avó há três ou quatro anos.

Mima estava indo para o mercado de Quintaou quando o encontrou, caído na calçada. Ele claramente tinha acabado de ser atropelado por alguém que não se dera o trabalho de parar. E não estava nada bem. Ela o colocou em sua cesta e o levou ao veterinário do bairro, que lhe informou que o animal não estava nem chipado nem tatuado, e que, na ausência dos donos oficiais, ela teria que pagar pela consulta e pelos cuidados. Mima hesitou: seu amor pelos animais dos outros tinha um limite, que era sua conta bancária, e esta estava em pior estado que o do gato. Mas o olhar do bichinho a convenceu. Ela não foi ao mercado, afinal. O gato fez um raio X e exames de sangue, que não revelaram nada grave, mas teve que amputar parte do rabo e levar pontos nas patas e na cabeça. Apesar do pagamento parcelado concedido pelo veterinário, parte de sua aposentadoria de professora teve de ser usada. O bichano passou o período de recuperação com ela; Mima colocou anúncios em todas as lojas da vizinhança e, após alguns dias sem notícias de um suposto proprietário, decidiu chamá-lo de Robert Redford. "Ele me arruinou, mas dizer que sou a dona de Robert Redford é um pequeno consolo."

– Desde quando ele está desaparecido? – pergunta Emma.

– Desde que Mima foi hospitalizada. Eu vinha alimentá-lo todos os dias e passava um tempo com ele. O gato aparecia quando ouvia minha *scooter*, até que um dia não veio mais.

– Você o procurou?

– Um pouco, pelo bairro, mas então Mima morreu e isso ocupou todo o espaço na minha cabeça. Eu gostaria muito de encontrá-lo, poderia levá-lo para minha casa. Fico triste de saber que está abandonado. Ela gostava muito dele, cuidava dele como se fosse um filho.

– Imagino. Vi que ele tinha uma caminha em cada cômodo da casa e um brinquedo de escalar enorme! – diz minha irmã.

– Isso não é o pior.

Conto a ela as artimanhas que nossa avó criava para que Robert Redford não saísse à noite, sua ansiedade quando ouvia gatos brigando, a escova com a qual o massageava todas as noites, e as madrugadas em que ela segurava o xixi para não acordá-lo enquanto ele dormia tranquilamente em cima de sua barriga.

– Precisamos encontrá-lo! – ela decide.

17h30

Ligamos para todos os abrigos de animais da região, para o canil e para a prefeitura. Todos pareceram surpresos que estivéssemos à procura de um gato mais de três meses depois de seu desaparecimento, e nenhum deles encontrou algum que correspondesse às características que passamos. Ele é fácil de reconhecer: é todo preto, exceto nas patas, como se usasse meias.

Emma sugere que perguntemos à sra. Garcia, a vizinha. Não suporto essa mulher, preferiria ter um guindaste no lugar da bunda a ter de falar com ela, mas minha irmã insiste: ela não ousa ir até lá sozinha. Eu a entendo, sou do tipo que prefere se perder a ter de perguntar o caminho, fico repetindo a frase que devo dizer antes de fazer uma ligação, não entro em uma loja se for a única cliente. Um psicólogo me disse que isso é ansiedade social. Não me surpreendi muito, porque, quando criança, já me aconteceu de mijar nas calças ao recitar um poema na frente da turma. Ninguém suspeita, eu disfarço bem, a maioria das pessoas pensa que estou à vontade. Na verdade, sob minha carapaça, sinto vontade de desaparecer assim que a atenção se volta para mim. Emma é igual. Em muitos aspectos, somos opostas. Ela é previdente e organizada, eu sou desleixada e bagunceira, mas alguns traços de personalidade não deixam dúvidas sobre nossa infância e nosso sangue compartilhados.

A sra. Garcia não nos reconhece imediatamente.

– Não preciso de nada, obrigada! – ela diz, fechando a porta.

Insistimos e ela vem até o portão ao ouvir nosso nome. A sra. Garcia é vizinha de Mima desde sempre, se sempre puder significar desde que me lembro. Ela é mais jovem, tem idade mais próxima da de nossa mãe.

– Nossa! Eu não tinha reconhecido vocês! Enfim, a pequena vejo de vez em quando, de longe.

A pequena sou eu. Agradeço com um sorriso tão convincente quanto minha aversão permite. Acho lamentável que não exista uma expressão facial ou um gesto para mostrar a uma pessoa que você não gosta dela. Além de uma cabeçada, quero dizer.

A sra. Garcia não viu Robert Redford.

– E não lamento nem um pouco – ela se sente obrigada a esclarecer. – Esse gato cavava meu jardim de flores, destruía tudo. Venham, entrem para se refrescar!

– Muito obrigada, mas precisamos ir – responde Emma.

E, além disso, não queremos, mas me seguro para não pensar muito alto, caso alguém possa ouvir.

– Vamos, só cinco minutinhos! – insiste a sanguessuga. – Joachim está aqui, vai ficar feliz em vê-las.

Um motivo a mais para ir embora. Joachim é a última pessoa que quero ver, mas Emma nunca soube resistir à insistência, e nos vemos seguindo a vizinha por seu exuberante jardim. Na sala, o sr. Garcia está dormindo na frente da televisão ligada.

– Jojo! – grita a sra. Garcia para o filho, sem se importar com o marido, que acorda assustado. – As pequenas vizinhas estão aqui!

Emma se senta, prefiro ficar em pé. Joachim aparece e nos cumprimenta como se estivesse realmente feliz em nos ver. Fico surpresa em descobrir que tem cabelos grisalhos e rugas ao redor dos olhos. O lugar onde mais nos vemos envelhecer é no corpo dos outros.

– O que vocês fazem da vida, meninas? – pergunta Joachim.

– Sou professora de colégio – responde Emma –, quarto e quinto ano.

Ele se vira para mim:

– E você?

– Sou faquir, sempre carrego uma tábua de pregos, meu...

– Ela é pedagoga – Emma me interrompe, envergonhada.

– Não me surpreende – começa o vizinho. – Tenho certeza de que cuida de crianças.

– Errou – respondo. – Não quero ter tempo de me apegar, então preferi os idosos.

– Você ainda desenha?

– Não. E você, faz o quê?

Quero saber da vida dele tanto quanto de minha primeira micose, o cara merecia que eu lhe dissesse todos os insultos possíveis, mas essa não seria a melhor maneira de provar a Emma que mudei. Então, com uma atenção que mereceria um Oscar, escuto Joachim falar sobre sua rotina como estatístico.

ONTEM

ABRIL DE 1993

EMMA – 13 ANOS

Thomas Martel me deu um beijo de língua. Foi nojento. Ainda prefiro comer escargot. Sabia que isso ia acontecer, ele queria sair comigo desde o ano passado, mas eu não queria enquanto estivesse usando aparelho. A ortodontista o tirou há alguns dias. Ela queria que eu o usasse por mais um tempo, mas deu, fazia três anos, a cada consulta ela adiava a retirada, estou cansada de rir com a boca fechada. O pior é de noite, tenho de usar uma espécie de aparelho-capacete. Se eu encontrar o Freddy Krueger, ele vai sair correndo.

Thomas marcou encontro comigo no parque de diversões. Margaux e Karima me acompanharam, fomos a pé cortando caminho pelas quadras de tênis. Passei perfume (Démon d'Eau Jeune). Estava cheia de dúvidas, em que sentido girar a língua, se devia fechar ou não os olhos, se colocava os braços em torno do pescoço ou da cintura dele, e se eu babasse como faço ao dormir? As meninas me tranquilizaram, mas quase dei meia-volta ao chegar.

Ele estava me esperando atrás da pista dos carrinhos bate-bate. Só dissemos oi e pronto, nos beijamos de língua. Nem tive tempo de pensar em todas as perguntas. Depois Margaux me disse que eu fiquei de olhos abertos e com os braços largados rente ao meu corpo. Só me lembro de ter parado de respirar.

Thomas segurou minha mão a tarde toda, não sei qual de nós estava suando, mas foi úmido.

Mamãe me disse para voltar às 6 horas, agora são 6h20 e estou chegando ao prédio. É culpa de Karima, tivemos que procurar chicletes para que os pais dela não percebessem que ela tinha fumado. Atraso meu relógio vinte minutos e subo os três andares.

– Você está atrasada – diz mamãe.

Mostro a ela meu relógio:

– Não, veja, cheguei bem na hora.

Ela me pega de surpresa. Sua mão estapeia minha bochecha, meu ouvido começa a zumbir.

– Está me chamando de idiota, Emma?

– Não, mamãe, juro.

– Quer outra?

– Não.

– Então não ouse mentir para mim. Desculpe-se e vá para o seu quarto.

– Desculpe.

– Desculpe quem?

– Desculpe, mamãe.

– Suma daqui.

Corro para o meu quarto e me jogo na cama. Choro tanto que não ouço Agathe entrar. Ela se senta a meu lado e acaricia minha cabeça:

– Vamos colocar algo gelado aqui. Da última vez, aliviou bastante para mim.

ONTEM

AGOSTO DE 1993

AGATHE – 8 ANOS

Mamãe vem nos buscar esta noite. As férias de verão acabaram. Passamos dois meses com Mima e vovô. Mima disse que vai ser sempre assim. Mamãe concorda. Não digo a ninguém, porque não quero deixar mamãe triste, mas não tenho muita vontade de voltar para casa. Eu queria que o verão durasse o ano todo. Nem consegui terminar o sorvete italiano de tão apertada que estava minha garganta.

Para esse último dia, vamos à praia todos juntos. Mima, vovô, tio Jean-Yves, tia Geneviève e os primos. Jérôme é meu preferido. Ele é um ano mais velho que eu, enquanto Laurent tem a mesma idade que Emma. As ondas estão grandes e, mesmo sabendo o que aprendemos na aula de surfe, prefiro ficar na beiradinha. Jérôme fica comigo, construímos um castelo de areia, jogamos frescobol, sempre mando a bola longe demais ou torta demais, nos divertimos bastante.

Emma entra no mar de camiseta, todo mundo pergunta por quê, mas eu sei, é porque seus seios estão crescendo e ela tem vergonha. Ela me contou isso no começo do verão. Eu queria ter seios grandes. Às vezes, em meu quarto, até coloco um sutiã da mamãe com meias dentro.

Os salva-vidas apitam e fazem sinais chamativos, dois deles correm para a água. O sol está nos meus olhos, não enxergo direito, mas alguém foi longe demais e não consegue voltar. Jérôme me diz que é Emma. Eu a procuro em todos os lugares, só que não a vejo, acho que ele está certo, é ela, não me sinto muito bem, tenho dificuldade para respirar, minha cabeça começa a girar, meu coração faz barulho nos meus ouvidos, estou com medo, é minha irmã, eu a amo demais, não quero que ela se afogue, Mima me abraça e tenta me acalmar, mas não consigo, meu corpo todo treme, tudo fica escuro, sinto vontade de vomitar, sinto calor, não ouço mais nada.

Quando acordo, estou debaixo do guarda-sol, Emma segura minha mão. Ela está viva, me atiro em seus braços. "Eu te amo, Emma, eu te amo!" Ela me diz que não era ela na água, que estava na beira, perto de nós, assistindo à cena. Mima me explica que eu tive uma crise de ansiedade. Não sei muito bem o que é isso, porém não gostei.

Na volta, tio Jean-Yves me empresta vinte centavos para eu comprar um chiclete de menta. Divido com Emma, mas ela prefere deixar para mim. Desde que ela quase morreu, eu a amo ainda mais.

Mamãe está atrasada, Mima prepara macarrão com abobrinha, eu ajudo a ralar o parmesão, ela me fala da avó, que lhe ensinou todas as receitas que ela prepara, era italiana, se chamava Nonna.

Mamãe está muito atrasada, fico com medo, talvez tenha sofrido um acidente. Ouço meu coração voltar a fazer barulho, mas ela toca a campainha. Eu me atiro nela, Emma também, nos damos um grande abraço, ela cheira a patchouli e cigarro, é fedorento, eu nunca vou fumar.

Mima diz que está tarde, que deveríamos dormir aqui, Mamãe concorda, e nós três dormimos no quarto de papai.

HOJE
6 DE AGOSTO

EMMA

18h12

Leio no rosto de Agathe o esforço que ela faz para não fugir. Tento explicar várias vezes que precisamos ir embora, mas os Garcia parecem felizes demais para nos deixar partir e o bem-estar dos outros sempre se sobrepõe à minha vontade. À primeira vista, isso parece uma qualidade, no entanto, quando me vejo dando gorjeta ao cabeleireiro para agradecer por me fazer um penteado horrível ou concordando com um colega quando ele faz comentários quase racistas, isso se torna um incômodo. Por muito tempo afirmei que era meu excesso de empatia que me impedia de colocar as pessoas em situações embaraçosas, contudo acredito que, na verdade, a razão seja muito mais trivial e tenha a ver com meu desejo de ser amada.

Agathe coloca o telefone no ouvido:

– Alô? Não? Sério? Claro, estou indo agora mesmo! – ela desliga, horrorizada. – Desculpem, preciso ir, minha amiga Laura sofreu um acidente, está hospitalizada, parece ser grave.

Ela age de acordo com o que diz e sai da cozinha, atravessa o corredor, o jardim, enquanto eu vou atrás dela, e a sra. Garcia acompanha meus passos, seguindo-a também.

– Voltem quando quiserem! – ela me diz quando atravesso o portão. – Espero que sua amiga se recupere... E, quanto ao gato, fale com o proprietário do número 14. Acho que sua avó e ele eram muito bons amigos.

Nem mesmo seu ar conspirador consegue afetar minha boa educação. Agradeço pela hospitalidade e volto para a casa de Mima. Agathe pega um punhado de amendoins na cozinha.

– Não sei o que me deu mais vontade de vomitar – diz ela, fazendo uma careta –, o suco de laranja que serviram ou o filho deles.

– Quer que eu a leve ao hospital?

– Claro que não! – ela se diverte. – Não pensei que fosse uma atriz tão boa.

– Imaginei que você não conhecia nenhuma Laura.

– Ela não existe, não quis agourar uma das minhas verdadeiras amigas inventando um acidente. Desculpe, não queria assustar você, mas não podia ficar mais nem um minuto na presença dele.

Pego um punhado de amendoins também:

– Ele era uma criança, deve ter mudado.

– Impossível, não tem cura. Pau no cérebro, estágio quatro, inoperável.

Não consigo conter o riso, e Agathe, apesar de todos os seus esforços para parecer carrancuda, também ri. Pegamos o vinho e nos sentamos em almofadas na grama, à sombra da tília. Graças à localização da casa, na parte alta de Anglet, podemos ver ao longe, para além dos telhados vermelhos e dos jardins, as imponentes silhuetas dos Pirineus.

– Você está saindo com alguém no momento? – pergunto a Agathe.

Ela balança a cabeça:

– Faz três semanas que acabou.

Não preciso insistir para que ela me conte sua história com Mathieu. Ele era fonoaudiólogo no residencial de idosos onde ela trabalha. Pela primeira vez, ela diz que não se apaixonou perdidamente logo de cara nem se sentiu pronta para casar no instante seguinte.

– Por meses, fomos apenas amigos. Nos dávamos superbem, tínhamos o mesmo senso de humor.

– Ih...

– Íamos ao cinema, esquiávamos, assistíamos a séries juntos – continua Agathe, sem se importar com minha alfinetada.

Ela mergulha na história e me conta tudo. No Natal, eles foram para Londres. Fazia tempo que sonhava em ver as decorações e as luzes da cidade. Na saída do túnel do canal da Mancha ela o beijou, para expressar sua alegria de ter saído viva de lá. Eu a interrompo para parabenizá-la, pois houve um tempo em que ela não conseguia entrar em um elevador; ela me agradece e continua. Mathieu logo se mudou para a casa dela. Agathe esperava o momento em que começaria a se cansar dele, a não suportá-lo mais, como acontecera em todos os seus relacionamentos anteriores, mas dessa vez foi diferente.

– Era o cara certo, tenho certeza. Talvez justamente por ter sido meu amigo antes de ser meu namorado.

– O que aconteceu?

Ela esmaga o cigarro sem pressa.

– Ele não aguentou, sabe, meu... minha... enfim, não *me* aguentou.

Ela prende o cabelo em um coque no topo da cabeça, como se não fosse nada, mas consigo imaginar a luta interna que ela está travando para não desabar.

– Tem certeza de que foi por causa disso? – pergunto.

– Tenho. Ele disse que era difícil demais conviver com isso no cotidiano. Não o culpo, às vezes penso que, se eu pudesse me deixar, também faria isso.

Procuro palavras para reconfortá-la, mas ela não me dá tempo. Mudar de assunto parece ser a melhor opção.

– E você, com Alex? Há quanto tempo estão juntos?

– Dezenove anos. E ainda com todos os dentes.

– Expressão proibida desde 1925. E tudo bem entre vocês?

– Tudo bem, não me queixo.

Ela arregala os olhos:

– Parece realmente ótimo! Um verdadeiro vislumbre da vida a dois.

Dou risada ao perceber minha falta de entusiasmo e tento me explicar.

Não consigo mais vibrar. Insidiosamente, a paixão cedeu lugar a um sentimento mais profundo, mais confortável, mas também muito menos excitante. Lembro-me de quando começamos, do frio na barriga, das palpitações, da mente inquieta, essas coisas ocupavam o espaço todo, viravam tudo de cabeça para baixo e me tornavam invencível. Por um tempo, foi difícil admitir que eu nunca sentiria isso de novo.

– Sabe, isso nunca dura – diz Agathe. – Sonho com isso, pra ser sincera. Ficar tempo suficiente com alguém para criar laços de verdade. Conhecer o outro o suficiente para confiar minha vida a ele. Saber de antemão suas reações. Não ter surpresas desagradáveis. Um entender o outro com um olhar. Ter memórias compartilhadas. Ser amada como sou, não como pareço ser. O problema é que me canso assim que começa a ficar monótono. Sonho com algo que não consigo suportar.

Pequenas nuvens pairam acima das montanhas. Ponho a mão em seu ombro.

– Você vai encontrar alguém que a ame como você é, Agathe. Ele foi um idiota. Ninguém deveria deixar você por causa disso.

Ela fica em silêncio por um momento e, sem me olhar nos olhos, diz:

– Mas foi o que você fez.

ONTEM

ABRIL DE 1994

EMMA – 14 ANOS

Hoje faço 14 anos. Agathe fez 9 ontem. No começo, me incomodava que ela tivesse nascido um dia antes do meu aniversário, mas agora eu gosto, porque ganhamos uma noite no restaurante, só nós duas, com a mamãe.

É raro nós três termos momentos juntas. Mamãe trabalha muito e nas noites de sexta-feira sai com as amigas, então eu cuido de Agathe, comemos cereal assistindo a Arquivo X *e* Contos da cripta. *É aterrorizante, depois nos assustamos com qualquer porta batendo no prédio, e caímos na gargalhada. Não contamos a mamãe, ela não deixaria por causa das crises de ansiedade de Agathe.*

Todo ano vamos ao mesmo restaurante. Tive permissão de usar rímel para a ocasião.

Mamãe me deu uma camiseta do Nirvana, fico feliz, mas triste porque Kurt Cobain morreu na semana passada. Agathe ganha um CD do programa Dance Machine*; ela dá um gritinho de alegria, tem músicas do East 17 e do Corona, sinto que ela vai nos enlouquecer, pois já escuta Ace of Base sem parar...*

Mamãe nos fala do dia em que nascemos, como todos os anos. Rimos quando ela diz que eu fiz careta ao ver Agathe. Logo depois, ela foi para a incubadora por causa dos pulmões, e parece que eu fiquei feliz. Não me lembro disso, mudei de ideia. Ela não é tão ruim como irmã, e, além disso, é a única pessoa com quem posso falar sobre papai.

Peço um bife de carne moída com batata frita, não comemos isso com muita frequência, mas mamãe me obriga a pedir vagem também. Duas pessoas se sentam na mesa ao lado, Thomas e seu pai. Ele me vê, mas me ignora. Nossa relação durou uma semana. Ele terminou comigo porque eu tinha botas Dr. Martens falsificadas, minha mãe não podia comprar as originais. Logo depois, começou a sair com a patricinha da Julie, que tem uma Yamaha Chappy e uma mochila Chevignon.

Na sobremesa, mamãe nos faz a mesma surpresa todos os anos. A sobremesa chega com velas, todos os garçons cantam "Feliz aniversário", minha mãe também. Sinto vontade de desaparecer. Thomas me olha, vejo que ele está rindo de mim. Sinto muito vergonha.

Mamãe fica de mau humor no caminho de volta. Ela diz que sou uma ingrata, que eu poderia ter sorrido, agradecido. Tento me desculpar, mas ela não quer me ouvir. E bate a porta quando chegamos em casa. Agathe me defende, diz que eu estava envergonhada por causa do Thomas, no entanto mamãe explode, grita, bate na parede, nós ficamos imóveis, porém não adianta, está muito irritada. Eu sei o que nos espera, entendo assim que ela tira o cinto da calça. Mamãe enrola a fivela em torno da mão e caminha na direção de Agathe. É a primeira vez que não deixo ela fazer isso. Pego a mão de minha irmã e a arrasto para o meu quarto, trancando a porta à chave. Mamãe bate na porta. Sentamos na cama, Agathe se encosta em mim. Eu a abraço.

Até que acaba.

Mamãe se acalma.

Agathe ri olhando para mim. O rímel escorre por todo o meu rosto.

Eu me levanto e olho para o calendário pendurado na parede. Conto os dias que nos separam das férias na casa de Mima. Faltam oitenta e nove noites para dias melhores.

ONTEM
DEZEMBRO DE 1994

AGATHE – 9 ANOS

O Natal está chegando.

No ano passado, fiz biscoitos em formatos diferentes para todos. Um coração para mamãe, uma flor para Mima, um peixe para vovô, um boneco de neve para Jérôme, uma bola de rúgbi para Laurent, uma lua para o tio e uma joaninha para a tia. Também fiz um cachorro para o papai, parecido com o Snoopy, embora na verdade ele fosse peludo, mas esqueci de levar no dia em que fomos ao cemitério, então o guardei na gaveta de minha mesinha de cabeceira.

Adoro dar presentes. Não os coloco embaixo da árvore, dou na mão das pessoas, um por um, assim posso ver se elas ficam contentes.

Este ano, vou fazer lindas pinturas. Mamãe comprou papel Canson, eles vão poder pendurá-las na parede. Vai ser mais fácil de enviar, já que não vamos passar o Natal juntos. É por causa do novo namorado de mamãe, ele não quer conhecer Mima e vovô, porque são os pais de papai. Ele é legal, mas eu preferia o Patrick (não o último, o anterior). Não sei direito para onde olhar quando ele fala comigo, porque ele tem um olho para cada lado.

Mamãe parece feliz desde que ele passou a viver com a gente. Emma diz que isso é o que importa, embora eu perceba que ela não o suporta, principalmente quando ele ocupa o banheiro de manhã e ouve música alta enquanto ela faz a lição de casa. Talvez seja por isso que vai para a academia todas as noites.

Eu parei o judô. Eu gostava no começo, mas depois não tinha mais vontade de ir. Acho que o professor era daltônico, devia achar que éramos faixa preta, na última vez não entendi nada e, no fim do treino, vi estrelinhas e caí no chão. Mamãe não queria que eu parasse, ela disse que já fiz isso com a dança e a natação, entretanto acabou sendo mais fácil para ela não ter que me levar aos treinos.

Ano que vem vou fazer desenho, ou talvez teatro. Ou não, eu gostaria de interpretar papéis, mas não conseguiria falar na frente de muita gente. Tenho tempo para pensar sobre isso. Primeiro, preciso terminar o quarto ano e, principalmente, aproveitar as férias de verão. Espero que a gente possa ir para a casa de Mima, talvez a mamãe tenha outro namorado novo e ele não tenha ciúme de papai.

HOJE
7 DE AGOSTO

EMMA

7h22

O mar está ainda mais tranquilo que ontem. Posso me dedicar à minha atividade preferida: boiar sem correr o risco de ser derrubada por uma onda. Só aqui, olhando para o céu, embalada pelo vaivém da água, com os braços e as pernas relaxados, é que me sinto completamente serena. A chuva da noite passada espalhou as nuvens e trouxe aquele cheiro típico de terra molhada. Aprendi há pouco que isso tem um nome: petricor. Ele designa precisamente o cheiro que emana da terra umedecida depois de um período de seca. Pesquisando, descobri que a língua, francesa ou qualquer outra, está repleta de termos desconhecidos e, no entanto, muito poéticos. Em italiano, por exemplo, os homens que têm como passatempo observar canteiros de obras, com as mãos atrás das costas, sempre prontos para dar um conselho ou uma opinião, são chamados de *umarells*. No Japão, a luz do sol que passa por entre as folhas das árvores se chama *komorebi*. Em português, *saudade* é um sentimento melancólico que mistura nostalgia e esperança. Dei uma aula sobre isso e meus alunos adoraram. Um deles me perguntou se existe uma palavra para descrever o cheiro que sai da boca do diretor da escola, o que fez todos rirem – inclusive eu, embora tenha me segurado para não mostrar.

Os gritos das gaivotas atravessam o silêncio. Volto para a posição vertical, o senhor idoso está na beira da água, cercado de pássaros. Como ontem, ele mergulha a mão na sacola e atira comida para eles. Mais adiante, uma criança e seu pai observam o espetáculo. Dou algumas braçadas antes de sair da água. Planejei voltar para casa com o café da manhã, quero estar lá antes de Agathe acordar, ainda que isso deva acontecer tarde, dada a hora em que ela foi dormir. A noite se prolongou sob a tília, preparamos sanduíches de tomate e muçarela e improvisamos um piquenique, como Mima costumava fazer. Encontramos a manta que ela usava e ficamos ali, falando sobre nossos presentes, rememorando lembranças, até que a noite eclipsou o dia. Voltei para o meu quarto e caí nos braços que Morfeu, o deus do sono, me estendia havia algum tempo. O vento começara a soprar, anunciando chuva, mas Agathe ficou do lado de fora. No meio da noite, fui acordada pelo som de um aguaceiro na janela. Pela cortina, vi Agathe de pé no meio do jardim, com o rosto virado para o céu. Pensei que estava tendo uma crise, desci as escadas correndo, me juntei a ela, mas não, ela estava muito bem.

– Adoro a chuva – ela me disse. – Não entendo por que tem uma reputação tão ruim.

Agathe sempre gostou daquilo que os outros rejeitavam, como uma síndrome da salvadora exacerbada. Ela adora couve-de-bruxelas, tem paixão por tubarões, sempre se aproximou de pessoas marginalizadas. Um dia, ela adotou um cachorro, talvez para superar o trauma de Snoopy, e é claro que escolheu o mais feio e o mais velho do canil.

– Fique comigo – ela pediu quando me virei para voltar para dentro.

Entrei e a observei pela janela. Ela parecia feliz. Minha garganta ficou apertada; é o que acontece quando as expectativas e a realidade se encaixam perfeitamente. Quando propus à minha irmã que passássemos uma semana juntas, eu sabia o que estava fazendo. Mas percebo que minha expectativa estava em outro lugar, eu só queria ter certeza de que ela estava bem.

Ela sempre foi mais habilidosa do que eu em agarrar a felicidade no ar. Peguei um guarda-chuva no armário da entrada e voltei para perto dela.

– Está me zoando? – ela riu. – Jogue isso fora, não tem nenhum sentido. É como comer chocolate com a boca anestesiada.

Fechei o guarda-chuva e deixei a água penetrar nos meus cabelos curtos, escorrer por minha testa, meu pescoço.

– Olhe para cima! – disse Agathe.

Fechei os olhos e virei o rosto para o céu. Minha camiseta estava molhada, a chuva estava quente por conta do clima do verão e escorria pelas minhas pálpebras, minhas bochechas, meus lábios. Senti um soluço se formar em meu ventre, subir pela garganta e escapar na chuva.

O ar está mais fresco que ontem, estremeço ao sair do oceano.

– Bom dia, senhor! – digo ao amigo das gaivotas.

– Vá se ferrar! – ele responde amavelmente.

ONTEM

MARÇO DE 1995

EMMA – 14 ANOS

Recebi uma advertência. É a primeira vez que isso acontece, em geral costumo receber elogios. Os professores acham que não estou fazendo mais nada, dizem que querem me dar uma sacudida para que eu volte a me dedicar. Que ideia de merda; se um tiro no pé fosse motivador, todo mundo andaria mancando. Fui até chamada pela diretora, que queria saber o que estava acontecendo, já que sempre fui boa aluna. Minha mãe estava junto, ela me defendeu, explicou que as coisas estão um pouco complicadas em casa, prometeu que eu me esforçaria. Também prometi, espero que eu cumpra as promessas que faço para os outros melhor do que as que faço para mim mesma, porque toda noite eu me prometo a mesma coisa, mas me traio toda manhã.

Stéphanie, Marion e Nicolas me esperavam no corredor para voltarmos à aula. Desde que comecei a andar com eles, Margaux não fala mais comigo. Ela diz que mudei. Está com ciúmes, nunca tive tantos amigos como agora que não sou mais a puxa-saco da primeira fila. Eles me convidaram para a festa na casa do Arnaud no sábado à tarde, eu gostaria de ir.

O carro de mamãe está estacionado na frente do colégio. Acho estranho, normalmente eu pego o ônibus, mas ela me leva para beber algo em um bar perto da igreja. Assim que nos sentamos, me pergunta se estou com raiva dela.

Eu respondo com a verdade, que às vezes fico com raiva, às vezes triste, às vezes com medo. Ela começa a chorar, então acrescento que na maioria das vezes estou feliz. Ela diz que é uma mãe horrível. E me explica que se odeia, por isso bebe.

A morte de papai não ajudou. Quanto mais ela quer parar, mais bebe, porque percebe que não consegue e precisa esquecer que não é boa em nada. Ela me diz que, não raro, sente a raiva dentro dela, como um monstro tomando o controle, que sua mãe era assim também, que ela fez tudo para não ser igual, mas é forte demais, não consegue controlar. Ela acaricia meus cabelos, me beija. E se preocupa com minhas notas, pensava que estava tudo bem. Ela não para de me perguntar se eu a amo. Se mamãe soubesse o quanto. Se soubesse que todas as manhãs eu verifico se ela está respirando. Se soubesse que não falo sobre nada disso com ninguém, para que ninguém possa pensar mal dela. Se soubesse que toda vez que faço um pedido, é para que ela e minha irmã sejam felizes. Se ela soubesse que, se tenho pressa de crescer, é para poder ajudá-la. Respondo que a amo muito e que não a culpo. "Você é mais madura do que eu", ela diz.

Ela pede um segundo café e me avisa que vai viajar por cinco semanas. Para fazer um tratamento de desintoxicação e tratar sua depressão. Pergunto se não há outra solução, mas parece que não. Mima vai cuidar de nós, tudo já está planejado. Não consigo mais beber minha Coca-Cola.

Vamos buscar Agathe na escola. Ela também costuma voltar de ônibus. E fica preocupada quando nos vê, pensa que aconteceu algo grave. Mamãe a tranquiliza, passamos na padaria e voltamos para casa. Há duas malas no hall de entrada. Eu não tinha entendido que seria tão rápido. Sinto um aperto na garganta, seguro as lágrimas, Agathe não precisa entender. Mamãe lhe explica que vai para a Bretanha a trabalho. Ela faz muitas perguntas e acredita nas respostas. Fico com raiva dela por acreditar. Eu também gostaria de poder acreditar.

Mamãe nos convida para dormir com ela em sua última noite em casa, ela no meio, minha irmã e eu de cada lado. Logo fico com frio, sem cobertor, com o cotovelo de minha mãe no meio das costas, porém não me importo, estamos juntas.

A partir de amanhã, prometo que vou estudar bastante. Nem me importo em perder as tardes de sábado.

ONTEM

JULHO DE 1995

AGATHE – 10 ANOS

Mima nos acordou bem cedo para irmos a La Rhune. Ao que tudo indica, é uma montanha de onde se pode ver todo o País Basco. Eu queria ter dormido mais. Tiro um cochilo no carro, contudo, depois de um tempo, preciso ficar olhando para a estrada, por causa das curvas que fazem o café da manhã remexer na minha barriga.

Vovô colocou uma fita de canções bascas e canta com uma voz grossa para nos fazer rir.

Já tem gente lá quando chegamos, temos que esperar um pouco e depois subimos em um trem todo de madeira. Não há vidros nas janelas, Mima nos deixa ficar perto das aberturas, dizendo que assim teremos a vista mais bonita. Vovô está com sua filmadora, registrando a paisagem.

Em nosso banco, há uma senhora com duas filhas, o que me faz pensar em mamãe. Eu gostaria que ela estivesse com a gente. Ela ficou na Bretanha mais do que o previsto, mandava cartas e de vez em quando nos telefonava. Quando voltou, dormimos todas juntas por uma semana. Ela nos prometeu que nunca mais iria embora.

Enquanto o trem sobe, tiro fotos com a câmera descartável. É muito bonito, cruzamos com pôneis, e Mima nos explica que eles são chamados de pottoks.

Quando chegamos ao topo, está um pouco frio, mas felizmente Mima trouxe casacos. Não sei por quê, sinto vontade de dar um grande abraço nela, então me jogo em seus braços, o que a faz rir. Algumas pessoas já estão lá, aparentemente subiram a pé (são loucos!) (ou talvez não soubessem do trem).

Nunca vi nada tão lindo. À direita, vemos toda a costa, o oceano ao longe, o interior do País Basco. Emma e eu olhamos pelos binóculos de Mima e tentamos reconhecer as cidades. Vemos Ciboure, Saint-Jean-de-Luz, Bidart, Ascain, Nivelle, conseguimos até avistar o Rochedo da Virgem, em Biarritz. Parece minúsculo, como um país de bonecas!

À esquerda, vemos os Pirineus e, abaixo de nós, nuvens brancas avançando como ondas no oceano. Tiro muitas fotos, é maravilhoso, e em certo momento percebo que lágrimas escorrem pelo meu rosto, mas não sei se por causa do vento ou da beleza. Vovô me filma, então me escondo embaixo do casaco.

Fazemos uma pequena caminhada, não muito, porque é uma subida íngreme para Mima, e vemos um pastor chamando suas ovelhas, além de alguns pottoks, *mas não nos aproximamos para não assustá-los, e depois entramos no restaurante e tomo o melhor chocolate quente que já bebi, porém não digo a Mima para não ofendê-la.*

No fim, estou muito feliz por não ter ficado dormindo. Acho que, quando crescer, quero viver no País Basco. Só preciso convencer mamãe e Emma, porque não vou embora sem elas.

HOJE
7 DE AGOSTO

AGATHE

11h06

Sempre adorei entrar na garagem. Era o esconderijo de vovô. Ele passava o tempo todo lá, fazendo seus consertos, pintando, imaginando coisas novas para criar. Ele tinha um orgulho especial da caixa de costura de madeira dentro da qual Mima guardava seus apetrechos, do barril transformado em bar, que se iluminava quando a porta era aberta e da prateleira giratória instalada na cozinha.

Nada mudou. Suas varas de pesca estão apoiadas na parede, perto do freezer. Ainda sinto cheiro de tinta. As ferramentas estão penduradas na parede, acima da bancada. Como se ele tivesse acabado de sair.

– Achou? – pergunta Emma, juntando-se a mim.

– Ainda não – respondo, abrindo uma gaveta.

Estamos procurando uma lâmpada, a da cozinha queimou. Vovô tinha um estoque delas, assim como de canetas, pilhas e adaptadores de tomadas. Ele nunca falava de sua infância, mas Mima nos contou um dia que seus pais foram mortos durante a guerra e que ele foi criado pelos avós, muito rígidos. Deduzi que ele tinha passado por muitas privações e que suas coleções eram uma espécie de compensação.

Ao abrir uma gaveta, deparo com um pedaço de infância.

Um pequeno gravador e algumas fitas cassetes. Meu coração se aperta.

Eram de 1991, talvez 1992. Era verão. Na véspera, durante a Noite das Estrelas Cadentes, Emma viu uma forma estranha no céu. Perguntei se poderia ser um disco voador. Mima riu e disse que isso não existia. Emma e eu não tínhamos tanta certeza. Preferimos pensar que os extraterrestres eram do bem e tinham vindo nos cumprimentar. A noite toda, nossa imaginação esteve em ebulição. Na manhã seguinte, com os olhos ainda pesados, nos juntamos ao vovô, que nos esperava na mesa da sala.

"Meninas, tenho algo para vocês."

Ele empurrou um gravador na nossa direção e apertou o botão de reprodução. De repente, ouvimos sons estranhos, dissonantes, e depois uma voz se elevou, anasalada, quase metálica. Descobrimos uma língua incrível, jamais ouvida até então. Ainda me lembro dos olhos arregalados de Emma, os meus deviam estar iguais. Ficamos maravilhadas.

"Acha que são extraterrestres?", perguntei.

Vovô assentiu: "Com certeza. A fita estava na frente da porta de casa. Por sorte, tenho um amigo que trabalha em uma agência espacial. Ele conseguiu traduzir a mensagem, sob a condição de que não falássemos sobre isso com ninguém. Vocês prometem?".

"Prometemos, vovô!", respondemos em coro.

Ele tirou um papel do bolso, desdobrou-o e limpou a garganta, indicando que o momento era solene.

"Mensagem para Emma e Agathe Delorme. Observamos vocês de nossa galáxia distante e viemos à Terra para dizer que as duas são meninas extraordinárias. Vocês enchem de orgulho e felicidade todos a seu redor. Parabéns!"

Guardei o segredo, e tenho certeza de que Emma também. Nunca mais falamos sobre isso, primeiro por medo de represálias dos extraterrestres, depois, com o passar dos anos, por medo de perder a magia daquela cena. Algumas lembranças de infância são como pinturas antigas, elas se deterioram quando expostas à luz. Então a guardamos dentro de nós, protegidas dos olhares, intactas.

Pego o pequeno gravador e uma onda de emoção me invade. Na penumbra de sua garagem, imagino vovô inventando uma linguagem incompreensível, tapando o nariz e batendo em objetos metálicos para adicionar efeitos sonoros, só para que suas duas netas se sentissem únicas no mundo.

– Achei uma lâmpada!

Vou até Emma, deixamos a garagem e fechamos a caverna de vovô.

13h01

– Você pode esvaziar o lava-louças?

Navego no meu celular enquanto espero as batatas terminarem de cozinhar. Coloquei a mesa e cortei tomates e cebolas, mas Emma aparentemente decidiu interromper o relacionamento entre o sofá e a minha bunda. Me levanto com a empolgação de uma alga e vou até a cozinha.

– Imagino que não deva colocar presunto na salada? – ela me pergunta enquanto prepara o vinagrete.

– Pode colocar, mas não vou comer.

– Não importa se tocar na sua comida?

– É uma pergunta séria ou você está brincando comigo?

Ela não responde. Guardo os copos, os pratos, vejo ela me observar de canto de olho, passo para os talheres: garfos, colheres, facas...

– Aliás, só para você saber, elas devem ser colocadas de cabeça para baixo no cesto.

Interrompo o que estava fazendo e a encaro.

– Como é que é?

– As facas. Ontem à noite, você não as colocou de cabeça para baixo no cesto da máquina, podemos nos cortar ao pegá-las.

– Basta ter cuidado. De cabeça para baixo elas não são lavadas corretamente.

– Claro que são. Além disso, os talheres devem ser separados. Facas em um cesto, garfos em outro, e assim por diante.

Ela fala mexendo o vinagrete, com os olhos fixos na tigela.

– Emma, você tem seu jeito de fazer as coisas, eu tenho o meu.

– O meu é mais lógico.

– Mais rígido, com certeza.

Ela interrompe o movimento.

– O que você quer dizer com isso? – ela pergunta.

– Está falando sério? O que eu quero dizer com isso? Você é que está pegando no meu pé, só estou respondendo.

Ela explode em uma gargalhada exagerada:

– Claro, só pode ser a chata da Emma! Agathe é descontraída demais para criar problemas!

– Você enlouqueceu ou o quê? Emma, pare, você está realmente me tirando do sério.

– E daí? O que vai fazer? Bater a porta, me insultar, fazer um escândalo? Como sempre? Você tem o dom de estragar a festa, eu tinha esquecido.

A raiva forma uma bola no meu estômago. Quase posso segurá-la com as mãos, ela é compacta, pesada, opressora. Todo o meu corpo treme, minha respiração acelera. As palavras se agitam em minha mente, luto para não jogá-las na cara dela. Atiro as facas na gaveta e vou para o quarto antes de dizer algo de que me arrependa.

14h05

– Agathe?

É a terceira vez em uma hora que ela bate na porta, que tranquei com a chave. Não respondo. Que ela vá para o inferno.

15h12

– Agathe, você precisa comer.

– Me deixa em paz.

– Seu prato está pronto, estou esperando você para almoçar.

– ...

– Não coloquei presunto.

– ...

– Servi uma Coca para você.

Um pedido de desculpas sem pedir desculpas.

Minha raiva diminui. Já perdemos tempo demais. Abro a porta, ela está do lado de fora, com um sorriso constrangido nos lábios.

– Conhece o ditado, minha Gagathe: quem ama educa.

– Sim, me eduque de novo e não vai ser a faca que vai ficar de cabeça para baixo.

ONTEM
NOVEMBRO DE 1996

AGATHE – 11 ANOS

A enfermeira da escola me disse que seria bom eu me consultar com um psicólogo. Quando contei isso para mamãe, ela disse que nem pensar, que psicólogos eram para loucos. Emma disse que mamãe tem medo de que eu conte coisas comprometedoras para ele.

Eu gostaria de conseguir dormir à noite. Sempre que me deito é a mesma história: penso na morte, na minha, na de Emma, de mamãe, de Mima, de vovô, e meu coração bate tão rápido que não consigo dormir. Também tenho medo de incêndios. Teve um incêndio no prédio ao lado, na véspera de Natal. Estávamos na casa de Mima, então não vimos nada, mas, quando voltamos, o reboco estava todo preto e a sacada tinha queimado. Parece que foi uma árvore de Natal que causou o incêndio. Emma me disse que era raro, que não havia razão para isso acontecer em nossa casa. Todas as noites, desde que passei a sentir esse medo, ela me ajuda a verificar se todos os radiadores do apartamento estão descobertos e se o gás está bem fechado. Depois, ela vem para o meu quarto e responde às minhas perguntas até que meu coração se acalme. Quando ele acelera de novo, posso ir dormir com ela em sua cama. Mamãe não quer ouvir minhas angústias. Ela diz que estou fazendo drama para chamar atenção. Provavelmente está certa, mas não sei por que faço isso.

Eu preferia quando eu era mais nova, quando havia menos perguntas martelando na minha cabeça. E preferia a escola primária. Eu tinha minhas amigas. Céline está na turma A3 do sexto ano, e eu estou na A5. Nós nos vemos no recreio, mas no restante do tempo fico sozinha. Ela é legal por ainda ficar comigo, apesar das outras meninas, que me incomodam. Elas poderiam mexer com ela também. Não sei por que fazem isso comigo. Principalmente Noémie e Julia, duas meninas da turma A4 do sétimo ano. Decidiram que olhei feio para elas e, desde então, roubam meu lanche e zombam de mim no pátio, por causa do meu nariz grande.

Céline me aconselhou a contar para minha mãe, no entanto isso vai preocupá-la, então prefiro ficar quieta.

Hoje de manhã foi o primeiro dia de aula depois das férias de outono, eu realmente não queria ir. Fingi que estava com dor de barriga, acontece todos os meses desde que comecei a menstruar, porém mamãe não quis saber e tive que pegar o ônibus. No fim, tudo correu bem, elas só cortaram uma mecha do meu cabelo. Podia ter sido pior.

Emma me espera na frente do portão da escola. Meu coração dispara na mesma hora. Não é normal, alguma coisa deve ter acontecido. Ela me dá um beijo na bochecha e pede que eu mostre quem são Noémia e Julia. Pergunto como ela sabe, e Céline chega nesse exato momento. Não tenho escolha, aponto para as meninas quando elas saem, minha irmã se afasta em direção a elas, eu fico parada, com medo de que algo dê errado. Não consigo ouvir o que ela diz, parece calma, Noémie esconde o nariz no cachecol, Julia assente com a cabeça e pronto, elas vão embora. Emma volta e diz que está tudo resolvido, que nunca mais vão me incomodar.

ONTEM
DEZEMBRO DE 1996

EMMA – 16 ANOS

Odeio minha irmã. Queria que ela nunca tivesse nascido. Minha vida quase que se resume a cuidar dela. Brinquei de Barbie até os 15 anos para distraí-la, passo minhas noites acalmando-a, coloco ela na frente de um desenho animado para que não veja os surtos de mamãe, ajudo-a com os deveres e, apesar disso, ela encontrou uma maneira de estragar minha vida.

Ela não fez de propósito, mas mesmo assim. Sem Agathe, isso nunca teria acontecido.

Tudo começou quando transei com Arnaud. Eu tinha planejado esperar até ter certeza de que era o cara certo, mas ele me disse que não queria uma garotinha, que precisava de uma mulher de verdade e que, se eu não quisesse, me deixaria. Fiquei supermal, mordi as bochechas para não gritar. Depois de um mês, ele me disse que eu precisava começar a tomar pílula, porque ele não suportava usar camisinha. Eu disse que não concordava, por causa da aids, essas coisas, mas parece que ele fez um teste e estava tudo bem. É claro que estava fora de questão falar sobre isso com minha mãe, então fui ao centro de planejamento familiar. Margaux foi comigo, voltamos a nos falar fazia algum tempo. A senhora que me atendeu era simpática e me explicou tudo direitinho, mas tive que mentir para ela, porque ela insistia para que usássemos camisinha mesmo assim. Ela me receitou uma pílula, fui buscar na farmácia e escondi a cartela na minha mochila de coala que estava em cima do armário do meu quarto. Ninguém mexe nela há anos, era pouco provável que isso acontecesse. Escrevi um P de canetinha no interruptor do meu quarto, assim me lembro de tomar todos os dias antes de dormir.

Depois da escola, fui para o parque com Stéphanie, levamos revistas e ficamos lendo. A revista Star Club *tinha duas páginas sobre o G-Squad, sou apaixonada por eles, especialmente o Gerald, mas não conto isso pra ninguém, melhor ouvir Nirvana. Na capa de* Jeune et Jolie *estava Cindy Crawford, ela é linda, gostaria de ser como ela. A vida deve ser mais fácil quando se é bonita.*

Minha mãe estava na cozinha preparando o jantar quando voltei para casa. Ela me cumprimentou normalmente, eu não esperava o que aconteceria em seguida. Na mesa de centro da sala, vi minha mochila de coala aberta e minha cartela de pílulas para fora. Senti meu sangue subir direto para a cabeça. Fui fazer a lição de casa no meu quarto, temendo que minha mãe chegasse a qualquer momento, mas nada aconteceu. Na hora da refeição, ela parecia normal, até riu várias vezes. Foi estranho. Eu precisava falar com ela, então esperei a sobremesa. Tinha preparado o discurso na minha cabeça a noite toda, no entanto a única coisa que consegui dizer foi "Por que você mexeu em minhas coisas?".

Foi a maior surra da minha vida. Ela me agarrou pelos cabelos e não parou de me bater por vários minutos. Agathe chorava, com as mãos nos ouvidos.

Mais tarde, ela veio falar comigo no meu quarto, disse que não gostava de fazer aquilo, porém era para o meu bem. Ela me deu um beijo na bochecha, onde estava começando a ficar roxo. Agathe esperou que ela estivesse deitada antes de vir para minha cama. Pediu desculpas, foi ela quem encontrou minhas pílulas, queria brincar com a minha mochila. Ela pensou que fossem remédios, que eu estava doente, ficou com medo e contou para a mamãe. Mandei que saísse. Odeio ela. No dia do meu aniversário de 18 anos, vou embora daqui.

HOJE
7 DE AGOSTO

EMMA

17h54

– É a Noite das Estrelas Cadentes – disse Agathe.

– Vou buscar o telescópio – respondi.

Preparamos uma mochila, comemos algo, penduramos alguns cartazes de Robert Redford no bairro, tocamos a campainha do vizinho do número 14 sem sucesso, então pegamos a estrada.

É uma tradição. Mima nos levava todos os anos. No início de agosto, por várias noites, chovem estrelas cadentes. Para observá-las sob as melhores condições, é melhor afastar-se da poluição luminosa das cidades. Nosso lugar especial fica em Itxassou, vilarejo onde nossa avó cresceu. Quando eu era pequena, sonhava com a cidade e sua agitação. Sempre queria ver pessoas, me movimentar, sentir que estava fazendo algo na vida, em vez do contrário. Aqui, porém, desde a primeira vez, cercada de colinas verdes, com as montanhas no horizonte, nesse lugar perdido no coração do interior basco, senti grande serenidade. Como se nada de ruim pudesse acontecer comigo.

Mima era apaixonada por astronomia. Ela nos iniciou cedo nisso. Na mesa da sala, coberta com a indestrutível toalha amarela, ela abria grandes álbuns ilustrados cujas páginas exalavam um cheiro familiar de papel velho. Então, ela falava por horas sobre planetas, constelações, galáxias, e por horas a fio ficávamos hipnotizadas por suas palavras. Ela tinha o dom de tornar qualquer assunto fascinante. Tenho quase certeza de que eu me apaixonaria pela história do cravo-da-índia na França no período entreguerras se ela a contasse. Regularmente, quando a noite era propícia à observação, ela arrastava seu velho telescópio até o jardim e o apontava para o céu, fazia alguns ajustes e nos convidada a colar nosso olho maravilhado à lente. Descobríamos então Saturno, a Lua, Vênus, Júpiter, soltando "ooohs" e "aaahs".

O carro passa pela entrada do vilarejo. Desde que saímos, ouvimos os sons de nosso passado, e a *playlist* não sabe para onde ir: pulamos sem cerimônia de Ophélie Winter para No Doubt, de Ménélik para Britney Spears, de Offspring para Lara Fabian.

– Você pode deixar o carro no estacionamento antes do Pas de Roland – diz Agathe, diminuindo o volume.

– Certo.

A estrada nos leva à casa onde Mima cresceu. A nostalgia a invadia toda vez que a avistava. Ela comentava as mudanças, a parede recém-pintada, o novo balanço, o carvalho que tinha sido podado. Nesse jardim, insignificante aos olhos dos passantes, dançavam suas lembranças.

Ela as contava, nós as ouvíamos distraidamente, sem perceber a importância que tinham. Para nós, eram palavras, imagens abstratas; para Mima, era uma parte de sua vida que estava ligada ao presente. Só percebo isso agora. A pessoa que evoca uma lembrança a vê, a ouve, até a sente. Ela a revive plenamente. A pessoa que ouve essa lembrança só pode tentar visualizá-la e, mesmo assim, só se tiver empatia ou interesse no assunto. Caso contrário, ela aguarda pacientemente o fim da história para contar uma própria ou passar para outra.

Mima falava de seu pai, que a levava à fazenda, de sua mãe, que a ensinara a tricotar perto do fogo, de sua avó, que só falava italiano, e, acima de tudo, de seu irmãozinho querido. Ele estava presente em todas as suas memórias. Até o dia da morte dela, ele foi seu melhor amigo. Ele tinha ido morar perto de Marselha, mas, todos os domingos à noite, para combater a melancolia, eles tinham um ritual: conversar por telefone.

De última hora, sem planejar, saio da estrada que leva ao Pas de Roland e sigo na direção do vilarejo. Pelo canto do olho, vejo Agathe sorrir.

18h06

Não é a primeira vez que cruzo o muro de pedra do cemitério de Itxassou. Os pais de Mima estão enterrados aqui, ela nos trouxe várias vezes. Ela limpava o túmulo e trocava o único vaso de flores que o adornava. Aquela Mima frágil, vulnerável, só aparecia neste pequeno cemitério isolado, como se o lugar a transportasse em uma viagem ao passado e, por um instante, ela se visse como a jovem órfã que havia sido um dia.

Foi aqui também que vovô foi enterrado. Mima agora repousa a seu lado. Foi em Itxassou que a história deles começou, e em Itxassou eles decidiram encerrá-la.

– Tome o tempo que quiser! – diz Agathe, parando na entrada.

– Você não vem?

– Vocês têm coisas para se dizer.

O túmulo está coberto de buquês, quase todos murchos. Eu os jogo no lixo e limpo as placas funerárias. Não sinto nada. Tento forçar as lágrimas, evoco memórias felizes, leio o nome de minha avó querida na pedra, faço até caretas para que as glândulas lacrimais funcionem – dizem que é comendo que vem o apetite, talvez a tristeza venha com o choro –, mas nada sai.

Por longos minutos, olho fixamente para o túmulo de minha avó, impassível. Agathe acaba me alcançando. Ela põe o braço em torno da minha cintura e encosta a cabeça no meu ombro:

– Temos sorte de ter uma à outra.

Inclino a cabeça e a apoio suavemente sobre a dela.

Não sei como teria passado por tudo isso sem minha irmã. Reconheço a sorte de não estar sozinha para carregar minhas tristezas. Reconheço a sorte de não estar sozinha para ver, ouvir e sentir meus mortos. Reconheço a sorte de ter uma cabeça na qual repousar a minha.

Ficamos ali por um momento, o calor é esmagador. Afora alguns sons de motores, o silêncio reina em Itxassou. As venezianas das casas do vilarejo estão fechadas, elas se abrirão mais tarde, quando o frescor voltar.

– Vamos embora? – pergunta Agathe.

– Não consigo chorar.

Ela me olha, suas bochechas estão encharcadas.

– Não tem problema. Você sempre chorou por dentro.

Saímos do cemitério, me viro uma última vez para o túmulo. Pego a mão de minha irmã. E seguimos nosso caminho.

19h14

Pas de Roland fica em um desfiladeiro esculpido pelo rio Nive. Ele é uma rocha furada cuja lenda Mima nos contava todos os anos. Roland, filho de Carlos Magno, estava sendo perseguido por tropas inimigas e um rochedo bloqueava sua passagem; então, sem pensar duas vezes, ele o atravessou com sua espada. Acompanhamos o curso do rio para chegar até lá, carregando duas mochilas cheias e o telescópio. Passamos por ele para chegar à pequena praia a poucos metros de distância e nos sentamos à sombra. Esse era o caminho que Mima nos fazia seguir. Descobrimos, muito mais tarde, que era possível ir de carro, mas a magia não é a mesma sem a carga do passado.

– Vamos entrar na água? – propõe Agathe.

A água corre rápido pelas rochas, não preciso colocar o dedo do pé nela para saber que está gelada.

– De jeito nenhum.

– Eu vou! – ela exclama, levantando-se.

Ela tira as sandálias, o vestido, fica apenas de calcinha e sutiã. Eu me certifico de que ninguém pode nos ver. Herança de minha mãe. Não chamar a atenção, fazer o possível para não incomodar. Se a transparência estivesse à venda, ela nos teria dado como presente de nascimento. Mas não é o caso. Agathe entra no rio, xingando as pedras que machucam seus pés.

ONTEM

OUTUBRO DE 1997

AGATHE – 12 ANOS

Eu realmente não queria ir para Londres com a minha turma, não queria me afastar da minha mãe e da minha irmã, mas no fim das contas está sendo incrível. Mélanie e eu ficamos com uma família legal, a não ser pelo fato de que comem uma geleia nojenta e salgadinhos com vinagre ainda mais nojentos. Mélanie e eu nunca tínhamos conversado, todo mundo zomba dela na aula, um pouco como fazem comigo, mas no caso dela é porque ela gagueja. Isso não me incomoda, e, mesmo que fale de um jeito estranho, pelo menos ela fala comigo, em vez de me ignorar, como todo mundo faz.

Eu tinha certeza de que teria crises de ansiedade longe de casa, contudo, com exceção da balsa, quando pensei que fôssemos naufragar, está indo tudo bem.

Assistimos à troca da guarda no Palácio de Buckingham (chato), visitamos o Museu de Londres (chato), caminhamos por Westminster (não foi ruim) e, o melhor de tudo, tivemos tempo livre para fazer compras (incrível). Mamãe me deu um pouco de dinheiro, Mima me enviou um pouco também, e minha irmã quebrou seu cofrinho para me dar uma nota. Não entendo bem os preços, não estão em francos, mas tudo parece muito caro. Ainda assim, tenho o suficiente para levar presentes para todos. Escolhi para minha mãe uma caneta com um ônibus vermelho de dois andares que se move dentro dela, para Mima um caderno com a rainha Elizabeth na capa e, especialmente para Emma, uma pasta cheia de cartões-postais das Spice Girls. Ela vai ficar feliz, adora elas!

É a última noite. Começo a sentir falta da minha família, mal posso esperar para voltar amanhã. Estamos brincando de esconde-esconde com os dois meninos da família inglesa, eles são engraçados, nos olham como se viéssemos de outro planeta, nos fazem um monte de perguntas, o mais velho me perguntou se, na França, temos eletricidade. Eu expliquei que não, e nem water, *que nos* washávamos *no* river *com os* fishes.

Depois, conversamos um pouco com os pais deles, mas não entendo tudo, porque meu inglês é péssimo, então digo yes *para tudo balançando a cabeça e sorrindo, como aqueles cachorrinhos no painel dos carros. Foi assim que acabei com uma segunda porção da geleia nojenta.*

Quando vamos dormir, Mélanie abre a pequena janela do quarto e pega um maço de cigarros. Ela me oferece um, mas digo que não podemos, que eles vão sentir o cheiro, que vamos levar bronca. Ela não se importa, se senta à janela e fuma, tranquila. A mãe da família aparece, pede calmamente para ela apagar o cigarro. Não sei onde me meter, sinto vontade de desaparecer, meu coração martela nos meus ouvidos. Mélanie apaga o cigarro e fecha a janela.

Amanhã, os professores vão nos punir, com certeza. Eles vão contar para mamãe. Ela vai ficar decepcionada comigo. Tudo se mistura dentro de mim. Não sei se estou triste, com raiva, ansiosa. Saio do quarto e me tranco no banheiro. Sei o que fazer para me acalmar. Tenho feito isso há algum tempo e tem funcionado. Pego o compasso no meu bolso, abaixo as calças e risco a pele da coxa com a ponta.

ONTEM

DEZEMBRO DE 1997

EMMA – 17 ANOS

Devíamos passar o Natal na casa de Mima e do vovô, mas o tio Gengiva estragou tudo. Ele os levou para a Espanha para as festas de fim de ano, sem nós.

Contei os dias para nada.

Odeio todos eles.

HOJE
7 DE AGOSTO

AGATHE

23h43

É magnífico. Sublime. Espetacular. Não tenho palavras.

Quando eu era pequena, esperava a Noite das Estrelas Cadentes com uma impaciência quase insuportável. Esperava mais ou menos tudo com uma impaciência insuportável. Tudo me parecia melhor que o presente. O presente só servia para esperar ou lamentar, era uma espécie de ponte entre o ontem e o amanhã, ante o passado e o futuro, entre a nostalgia e a impaciência. Antes mesmo de chegar ao tão esperado momento, eu já era invadida por uma melancolia irreprimível. Tentei remediar isso, me dedicar à meditação, devorar livros de autoajuda, mas, embora tenha aprendido a apreciar a espera como um prólogo do momento aguardado, os dias seguintes sempre me causam uma ressaca emocional.

A cada verão, portanto, eu esperava com impaciência a Noite das Estrelas Cadentes. Era a promessa de horas compartilhadas com Mima, mas também de um espetáculo deslumbrante: o balé das estrelas cadentes. Mima nos trazia aqui, primeiro ao Pas de Roland para nos refrescarmos e fazermos um lanche, depois ao topo de uma colina de Itxassou, distante de toda poluição luminosa, para montar o telescópio. Observávamos planetas, nebulosas e galáxias, depois nos deitávamos no chão. Eu sempre fazia o mesmo pedido quando uma estrela cortava o céu. Em minha mente, para que não perdesse seu poder: "Desejo que minha irmã, minha avó e minha mãe sejam felizes para sempre".

Mais tarde, na idade em que as nuvens da lucidez começam a obscurecer o céu da infância, a angústia se instalou em nossas observações. Eu me imaginava minúscula, insignificante sob essa imensidão. Essas estrelas, a maioria já desaparecida havia muito tempo, só me lembravam de nossa efemeridade. No meio da adolescência, abandonei a tradição e, contra minha vontade, dei um fim ao prazer de minha avó de nos ensinar sua paixão. Há três ou quatro anos, passei para buscar Mima em uma noite de agosto e a trouxe a Itxassou. Ela não pareceu surpresa, como se tivesse me esperado. Ao chegar, apesar de seus esforços para ser discreta, vi que ela estava chorando.

É sempre vertiginoso, preciso me impedir de pensar demais, mas a magia voltou a operar.

– Mais uma! – exclama Emma, apontando para o céu.

– Já não sei para quem fazer pedidos!

– Faça um para mim.

– Já fiz. Pedi que você reencarnasse como um lava-louças. Assim, você vai poder atirar as facas nos olhos de quem as colocar do jeito errado no cesto.

Ela se levanta.

– Eu sei que sou um pouco rígida em algumas coisas.

– Mulher, mais rígida que você só o titânio.

– Não, sério. Você sabe que facas ficam bem menos limpas viradas para cima. É como os pratos: se não ficarem bem espaçados, a água não consegue passar, é pura lógica!

– Acho que você supera o titânio.

Ela cai na gargalhada.

– Sabe quem era assim? – ela pergunta.

– Hitler?

– Rá-rá-rá... Papai. Quando íamos à casa dele, tínhamos que colocar os sapatos perpendicularmente à parede, senão ele ia lá alinhá-los.

– Não me lembro disso de jeito nenhum.

Uma onda de tristeza me invade.

– Quase não me lembro dele, na verdade.

– É normal, você tinha 6 anos. Eu tinha 11, dá mais tempo para preencher a memória.

– Conte mais.

Ela se serve de vinho e se deita olhando para as estrelas.

– Ele dirigia rápido. Lembro que eu tinha medo, principalmente quando fazia a curva logo antes de chegar à nossa rua. Estava convencida de que seria ali que eu morreria um dia. Ele ouvia Johnny Hallyday, conhecia suas músicas de cor, não parava de cantar "Que je t'aime" para mamãe.

– Ah, sim! Eu me lembro disso!

A imagem se forma em minha mente com nitidez impressionante. Estou sentada à mesa de melamina branca, quase posso sentir o frio do pé de metal contra minha perna. Acabamos de comer, minha mãe esvazia um prato no lixo. Meu prato ainda está cheio (já então eu não gostava de vagem). Tenho que comer tudo se quiser sair da mesa, foi o que meu pai disse. Ele se levanta, abraça minha mãe e começa a cantar "*Que je t'aime, que je t'aime, que je t'aime!*". Minha mãe revira os olhos, mas ele continua cantando e ela acaba rindo às gargalhadas.

– Lembro do casaco de couro dele – digo. – Eu adorava o cheiro quando ele vinha me dar um beijo ao voltar do trabalho.

– Quando ele voltava.

– Nem sempre ele voltava?

– Não. Tinha dias em que mamãe ficava esperando por ele a noite toda. Eu me levantava várias vezes para ver se ele tinha chegado, ela continuava sentada no sofá. Ela me repreendia, não queria que eu a visse chorar.

– Você acha que ele a traía? – pergunto.

– Não sei... Não consigo imaginar o que mais ele poderia estar fazendo. Oh! Mais uma estrela cadente!

Nunca pensei que meu pai pudesse ter um lado ruim. É o privilégio dos mortos, eles levam os defeitos para o túmulo. Esse homem que conheço tão pouco habitou cada dia de minha vida.

Não cresci sem pai. Cresci com um pai morto. Construí minha identidade sobre a ausência. A falta dele marcava quem eu era, como um segundo nome ou uma marca de nascença. Era uma das primeiras coisas que eu anunciava quando conhecia alguém: "Meu pai morreu". Era constrangedor, especialmente para o vendedor desconhecido que tivera a gentileza de me cumprimentar em uma loja. Em casa, não podíamos falar sobre isso. Era um assunto tabu, como menstruação, sexo e futebol. Uma vez, tentei pendurar uma foto dele acima de minha cama; ela desapareceu no mesmo dia.

Cresci sendo a filha que perdeu o pai. Eu inspirava curiosidade nos outros, às vezes pena. Às vésperas do Dia dos Pais, algumas conversas cessavam quando eu chegava. Era uma coisa rara, a maioria das crianças tinha o pai e a mãe bem vivos. Em um período em que qualquer diferença nos encerra em uma categoria, eu ficava entre os ruivos e os homossexuais.

Isso não tinha apenas inconvenientes. Em algumas ocasiões, me servia de álibi. Quando eu me comportava mal, quando aprontava, eu sacava minha imunidade: "Você tem que entender, perdi meu pai".

Usei isso até para aliviar minha consciência, me convenci de que tudo vinha desse fato, de que minhas angústias, minhas dores, as emoções que faziam eu me sentir diferente eram todas por causa dessa perda precoce. Todo mundo acreditava, era uma desculpa impecável.

Eu não estava tão errada assim. Meu morto sempre esteve muito vivo.

– Senti uma gota – diz Emma.

– Um pássaro deve ter mijado em você.

Não tenho tempo de terminar minha frase, a chuva decide se juntar a nós. Ela não chega na ponta dos pés, salpicando uma gota aqui, outra acolá. Não, não. Ela abre as comportas completamente e despeja toda a sua reserva na nossa cabeça; tomem esse presente, não é preciso agradecer.

Adoro a chuva, mas calma lá.

Guardamos a manta, as coisas do piquenique e o telescópio, corremos até o carro, que nos arrependemos de ter deixado tão longe, pulamos para dentro, nos olhamos, ensopadas, pingando, rindo.

– O perfume da felicidade é mais forte sob a chuva – sorri Emma.

– Acho que você nunca disse algo tão piegas.

ONTEM

FEVEREIRO DE 1998

AGATHE – 12 ANOS

Emma me leva para ver Titanic. *É a terceira vez que ela assiste a esse filme. Eu não estava muito animada para ver uma história sobre um navio que afundou, com pessoas usando roupas de época, mas, como todo mundo está falando sobre ele, senti que estava perdendo algo importante e estou cansada de parecer desatualizada.*

Levamos M&M's e Coca-Cola de casa, porque no cinema é tudo muito caro. Minha irmã está com o namorado, Loïc. Estão juntos há vários meses e ele parece menos idiota que o Arnaud. Pensei que ela nunca fosse se recuperar depois que aquele idiota a trocou pela Alexia. Ela escreveu cartas para ele, tocava a campainha da casa dele e, no restante do tempo, ficava encolhida na cama. Eu me juntava a ela todas as noites para me aconchegar, dessa vez não por causa de minhas angústias.

Sentamos na última fila, bem no meio, Loïc diz que lá tem o melhor som. Emma começa a chorar já nos créditos iniciais. Pergunto o que ela tem, ela responde "É porque sei que o Jack vai morrer".

Não acredito.

Vou passar três horas e catorze minutos em uma sala escura, bem atrás de um cara com um ninho de águia em vez de cabelos, tudo isso para ver um filme cujo final minha irmã acaba de me contar. Prefiro ela sem sair da cama, no fim das contas.

ONTEM
JULHO DE 1998

EMMA – 18 ANOS

Emmanuel Petit acaba de marcar o terceiro gol. Loïc me abraça, gritando de alegria. A França é campeã do mundo. Assistimos ao jogo na quitinete dele, com todos os amigos.

Somos cerca de vinte pessoas, todos com os rostos pintados e vestidos com as cores da bandeira francesa. Vim só para a final, amanhã já volto para a casa de Mima.

Na rua, as buzinas comemoram a vitória e as pessoas começam a sair. Descemos para nos juntar à multidão, Loïc não solta minha mão. Nunca vi tanta alegria concentrada em um só lugar, todos se abraçam e sorriem, ninguém se conhece, mas todos vibram juntos.

– Venha morar comigo – Loïc diz de repente.

Peço para ele repetir, não sei se ouvi direito com todo o barulho.

– Venha morar comigo. Vamos estudar juntos. Vai ser difícil demais nos vermos só nos fins de semana.

Um movimento na multidão faz com que eu solte a mão dele, aproveito para reunir meus pensamentos e os pedaços que meu coração espalhou por todos os lados. Morro de vontade de aceitar. Se estivesse sozinha, deixaria Angoulême e minha mãe para trás e viria fazer meu curso de Letras em Bordeaux. Consegui meu diploma do Ensino Médio com distinção, meu sonho de ser professora nunca esteve tão próximo. Eu moraria no apartamento que os pais de Loïc alugaram para seus estudos, organizaríamos festas estudantis e outras debaixo dos lençóis, assistindo a Buffy *ou a* Ally McBeal *e comendo macarrão. Margaux escolheu o mesmo curso que eu, poderíamos ficar juntas. Passaríamos os dias na biblioteca e nos bancos da faculdade, faríamos novos amigos, voltaríamos para Angoulême nos fins de semana para ver a família e, então, no domingo à noite, voaríamos em direção à nossa liberdade.*

A multidão se tornou compacta. Esmagadora e distante ao mesmo tempo.

"É um, e dois, e três a zero! É um, e dois, e três a zero!"

Minha vida é um empate. Eu me aproximo do ouvido de Loïc:

– Você sabe que não posso.

– Por quê? Ainda por causa da sua irmã?

Eu balanço a cabeça em sinal positivo. Ele sacode a dele:

– Ela já está bem grandinha. Não precisa mais de você para protegê-la.

Ele não espera pela resposta, bate palmas e começa a cantar com os outros.

"É um, e dois, e três a zero! É um, e dois, e três a zero!"

HOJE
8 DE AGOSTO

EMMA

7h56

Está se tornando um ritual. Tenho me reconectado com o oceano como se fosse um velho amigo do qual me afastei por alguma briga esquecida. Todas as manhãs, seu vigor me dá a coragem que me faltou no dia anterior. Saio da água determinada a fazer o que vim fazer esta semana, mas, ao voltar para a casa de Mima, inevitavelmente minhas resoluções desaparecem.

O mar está agitado hoje. Encorajado pelo vento, ele incha, cresce, se ergue, se curva, se despedaça em uma explosão de espuma. Sou empurrada, projetada para debaixo da água várias vezes, mal tenho tempo de respirar antes de uma nova onda me obrigar a mergulhar.

O homem idoso se aproxima de mim quando saio da água. Eu me deito na toalha, exausta. Ao passar por mim, ele me cumprimenta com um gesto amigável:

– Arrombada.

Eu me endireito e lhe ofereço meu sorriso mais bonito:

– Bom dia, senhor. Fico feliz de ver que nossa relação está evoluindo.

11h43

Quando voltei, Agathe estava não apenas acordada, como também vestida e superanimada.

– Eu tive uma ideia genial! – ela exclamou, com toda sua modéstia.

– Ah.

(É raro as ideias geniais de minha irmã merecerem esse título.)

– Vamos surfar! Lucas está esperando na Côte des Basques com pranchas.

Tentei argumentar, explicar que o mar estava tempestuoso, que tempestades eram previstas (o que era mentira, mas será que sempre precisamos nos apegar à verdade?), que eu não tinha dormido o suficiente. Agathe, porém, tinha uma resposta para tudo e, mais que isso, um entusiasmo contagiante.

Aqui estou eu, após um passeio de *scooter* que reduziu minha expectativa de vida (Agathe parece considerar as placas de trânsito uma simples decoração urbana), montada em uma prancha de surfe, cavalgando um mar tão agressivo quanto o que encontrei mais cedo.

Na última vez que surfei, eu devia ter uns 20 anos. Me lembro de um garoto que também vinha todo verão. Ele tinha a idade da minha irmã e me irritava muito com sua mania de terminar as frases do professor e conseguir fazer absolutamente tudo o que eu errava. Ele se tornou o famoso Lucas, que acabou de nos emprestar pranchas e roupas de Neoprene, e não sem motivo: ele se tornou proprietário de uma escola de surfe.

– Vamos pegar a próxima! – sugere Agathe, apontando para a onda que se aproxima.

Eu me deito na prancha e me impulsiono. Tento ficar em pé, mas meu senso de equilíbrio não concorda comigo. Mal percorro um metro e já caio como uma panqueca na frigideira, com a bochecha esbofeteada pela onda e o nariz desentupido por um jato de água salgada.

Alex vai rir quando eu lhe contar isso.

É a primeira vez em muito tempo que estou ansiosa para falar com ele. Desde ontem tenho essa sensação, uma que eu já não tinha mais. Sinto falta dele. Não apenas pelo que ele me proporciona e oferece, não apenas por tudo o que representa para mim. Neste momento, sinto falta dele, dele mesmo.

Com o tempo, nós nos tornamos uma entidade, Emma-e-Alex, Alex-e-Emma, papai-e-mamãe, os-pais-de-Alice-e-Sacha. Uma parte de mim: foi isso que ele se tornou ao longo dos anos. Não consigo imaginar minha vida sem ele, assim como não consigo imaginar minha vida sem minha mão direita. Meu coração se contrai no peito. Percebo que nunca inverti a pergunta. E ele? O que sente? Ele é capaz de viver sem mim? Debaixo dessa roupa de surfe, compreendo visceralmente o que estou fazendo aqui.

Agarrei a mão de Alex quando soltei a de minha irmã mais nova. Não lhe dei escolha senão a de me ajudar a avançar. Impus essa dependência, porque precisava dela. Se esta semana foi necessária para me reconectar com Agathe, também foi necessária para aprender a soltar a mão de Alex.

Sei que ele entendeu. Ele não é do tipo que não telefona. É do tipo que me envia uma mensagem porque ouviu nossa música no rádio ou que telefona para dizer que fez uma refeição deliciosa em um restaurante. Toda noite, me conta como foi seu dia e me pergunta do meu. Seu silêncio é um esforço.

– Em que está pensando? – Agathe me interrompe entre duas ondas.

– Em nada.

– Não se pode pensar em nada. Quer dizer, a não ser nosso tio. O equipamento dele veio com defeito.

– Verdade. O cérebro dele foi dado como desaparecido.

– Um grão de areia entrou no ouvido dele em 1990 e ainda está caindo.

– Pior que um buraco negro, só a cabeça do tio Jean-Yves.

Minha barriga dói de tanto rir. Deixamos passar uma série de ondas até decidirmos pegar uma. Os movimentos voltam naturalmente: me ajoelho, me levanto, encontro meu equilíbrio e me deixo levar pela correnteza. É breve, três segundo no máximo antes de eu me ver com a cabeça na água de novo, mas a sensação de liberdade que sinto neste momento não tem igual.

ONTEM

AGOSTO DE 1999

AGATHE - 14 ANOS

Estou exausta. Ficamos acordados até muito tarde por causa da Noite das Estrelas Cadentes, havia tantas que parecia uma queima de fogos de artifício (tio Jean-Yves chama de "queima de rugosos orifícios", o que faz Jérôme e eu rirmos, mas a tia não acha a menor graça) (ela deve ter incontinência urinária, como a mulher da propaganda). Na volta, peguei no sono no carro, vovô me carregou até minha cama. Pensei que poderia dormir até tarde, mas Mima nos tirou da cama de madrugada (às 10 horas da manhã) para irmos à aula de surfe.

O cara do Norte está aqui, ele mudou no ano passado. Está com o cabelo comprido e tem espinhas na testa (não deve conhecer a loção Eau Précieuse) (eu sim, é fedorenta). Ele me disse que se chama Lucas, como se eu tivesse esquecido. Também não esqueci que prometeu me telefonar depois de ter me dado um beijo atrás da cabana no verão passado. Só de raiva, não falo com ele durante a manhã, fico com Joachim, filho da sra. Garcia (vizinha de Mima). Ele é legal, mas um pouco grudento (como o cabelo dele) (nunca vi tão oleoso) (acho que dá para fritar batatinhas nele). Finjo que não estou nem aí, mas passei horas perto do telefone esperando a ligação do tratante. Minha mãe dizia que eu estava sendo ridícula, fiquei várias semanas sem sair para o caso de ele me ligar. Realmente não entendo como pude acreditar que ele talvez estivesse interessado em mim, eu pareço um rascunho. Meu cabelo é frisado como uma ovelha, tenho ovos fritos no lugar dos seios, palitos de dentes em vez de pernas e minha barriga parece fazer ondas. Nem mesmo Picasso teria ousado me desenhar. É simples: nunca vi uma garota mais feia do que eu; por mais que procure, meu espelho não deixa dúvidas. E encontrei fotos de quando meus pais eram jovens, eles eram bonitos (a não ser pelos penteados, socorro!), e minha irmã é linda.

Digo que não me importo, mas, na verdade, eu gostaria de ser bonita. Parece mais fácil, todo mundo quer ser amigo das pessoas bonitas, todo mundo ouve o que elas dizem, como se fossem mais inteligentes e não apenas tivessem uma embalagem melhor.

No fim da aula de surfe, Joachim me convida para catar conchas. Na maré baixa, tem muitas, e ele sabe que eu coleciono. Tenho uma caixa cheia delas no meu quarto na casa de Mima (o antigo quarto do papai), pinto essas conchas com tinta guache, fica bonito. Eu aceito o convite.

Enquanto tiro minha roupa de Neoprene, Lucas vem falar comigo. Ele parece desconfortável, olha para a areia, o que é bom, assim não vê as cicatrizes nas minhas coxas. Ele diz que queria ter me ligado, mas que meu número havia apagado antes que tivesse tido tempo de anotá-lo em um papel (eu tinha escrito na mão dele). Ele pede desculpa, diz que procurou na lista telefônica, que ligou para informações, mas não encontrou nada, que pensou em mim o ano todo. Sinto vontade de chorar e rir ao mesmo tempo. Ele me pergunta se quero tomar um sorvete, olho para Joachim que me espera na beira d'água e digo que sim.

ONTEM

SETEMBRO DE 1999

EMMA – 19 ANOS

Tem esse cara que vem todos os dias ao meio-dia. Ele pede um sanduíche de frango e um refrigerante, depois se senta na poltrona verde na frente da Sephora para comer. Acho que trabalha na loja de roupas no final da galeria. Ele tem um quê de Matt Damon, principalmente quando sorri, me sinto como se estivesse em Gênio indomável.

Tem a mulher da bijuteria, que pede um sanduíche de presunto, e nas quartas-feiras acrescenta uma bomba de chocolate. Ela parece estar sempre com pressa, mesmo durante os intervalos.

Tem o meu preferido, o vovozinho que vem uma vez por semana. Ele pede apenas uma fatia de bolo e pergunta sobre mim. Toda vez, ele me conta que trabalhava aqui antes, que esteve até mesmo presente na inauguração do Carrefour.

Meu chefe está sempre pegando no meu pé, mas ainda bem que existem os clientes. Sinceramente, nunca me imaginei trabalhando em uma lanchonete bem no meio de uma galeria comercial. Eu sonhava em ir para a faculdade, mas não me queixo, nos dois primeiros meses distribuí panfletos nos semáforos e, às pessoas que não abriam a janela do carro e ao maluco que passava três vezes por hora com o pau de fora em seu Twingo, prefiro meu novo emprego.

Gosto do sósia do Matt Damon. Espero sua vinda, preparo a frase que vou dizer. É nele que penso quando me maquio de manhã. É a primeira vez que alguém chama minha atenção desde que terminei com Loïc.

Hoje, ao meio-dia, ele disse algo diferente ao fazer o pedido: quis saber meu nome. Ele estava tremendo muito, me fez a pergunta na hora que eu devolvia o troco de sua nota de vinte francos. Ao sair do trabalho à noite, eu tinha um erro no caixa e um encontro marcado para o fim de semana.

Sorri como uma boba o trajeto todo, as pessoas no ônibus devem ter me achado estranha.

Mas meu sorriso foi embora quando cheguei ao segundo andar. Ainda tenho dois lances pela frente e já ouço os gritos.

Agathe está na cozinha, agachada e encolhida. Está protegendo a cabeça com os braços. Mamãe está de frente pra ela, de costas pra mim. Ela não me vê chegar. "Se pensa que pode falar comigo assim, minha querida", diz para Agathe, "se deu mal, não é uma garotinha que vai mandar nesta casa." Minha irmã geme: "Desculpe, mamãe", mas não é suficiente. Mamãe levanta o braço, em volta de sua mão está enrolado seu cinto, prestes a descer. Isso está acontecendo com uma frequência cada vez maior, e cada vez mais forte. Ela sempre pede desculpas depois, nos explica que é difícil nos criar sozinha, que não somos fáceis, que poderíamos colaborar mais, em seguida nos abraça, nos chama de suas filhas queridas, repete que somos tudo para ela, que sem nós duas não teria mais nenhum motivo para viver. Nunca cogitamos ou tivemos vontade de nos defender, de afastá-la. Apenas suportamos.

Não desta vez.

A raiva me atira sobre ela, eu agarro seu pulso e interrompo o golpe.

Seu olhar me procura. Ela está vermelha de raiva. Por alguns segundos, fica imóvel, com o braço no ar. Penso que é um bom sinal, que minha intervenção a fez perceber a situação, que ela vai colocar o cinto no devido lugar, em sua cintura, e que a noite vai continuar com pedidos de desculpas e alguns sorrisos. O estalo do couro em minha bochecha põe fim a meus devaneios.

HOJE
8 DE AGOSTO

AGATHE

13h19

Emma surfa tão bem quanto uma bola de boliche. Ela era a mais talentosa de nós duas quando éramos crianças, o que prova que nessa vida nada é garantido. Minha irmã se esforça, por orgulho ou teimosia, não sei, e toda vez acaba caindo na água em uma posição que desafia as leis da gravidade. E me lembra daqueles bonequinhos de plástico que escorregam pelas janelas com suas ventosas. Não vou confessar a ela que surfo regularmente com Lucas. Pela primeira vez Emma tem um motivo para me admirar, não vou tirar isso dela.

A maré está baixa, a praia está de novo acessível. Saímos da água e nos sentamos na areia para secar.

– Você ainda se sai muito bem – ela me diz. – Tem surfado com frequência?

– Nunca.

– Para com isso, está na cara que você treina regularmente!

– Atenção, eu li não faz muito tempo que a inveja causa hemorroidas.

Ela cai na gargalha:

– Claro!

– Não se sinta culpada, é perfeitamente normal invejar minha graça natural. Você passou mais tempo embaixo d'água do que em cima da prancha, estava mais para esponja do que para surfista.

Lucas se junta a nós para fumar um cigarro. Suas bochechas e nariz estão cobertos por um protetor solar verde.

– Então, irmãs Delorme, gostaram da aula de surfe?

Emma bate na coxa.

– Ah, foi de surfe? Pensei que estávamos mergulhando!

Lucas ri:

– É verdade que as condições não estavam boas, na semana passada o tempo estava melhor. Não é mesmo, Agathe?

Idiota.

14h56

Devolvemos as roupas e as pranchas, Lucas nos convida para voltar no dia seguinte. Minha irmã declina do convite, claro, ela vai precisar de tempo para digerir o Atlântico que acabou de engolir.

Emma fala sobre ele enquanto subimos na *scooter*. "Ele é mais legal hoje do que quando éramos adolescentes", ela diz. "E mais bonito também."

Lucas é o único cara de quem continuei amiga depois de tentar algo mais. Após o desencontro na adolescência (dois beijos sem língua e sem continuação), tivemos um rolo aos 20 anos. Que seguiu a mesma trajetória dos outros: uma decolagem explosiva, promessas de amor eterno, e então a queda, também explosiva, também radical. É bem simples: um par de meia-calça fina tem mais longevidade que meus relacionamentos amorosos. Amo tão rápido quanto deixo de amar. Vivi com dois homens, fiquei noiva uma vez, acreditei a cada vez, me decepcionei a cada vez. Com Lucas, foi apenas um início, um tremor, acabamos antes mesmo de começar. Um dia ele me confessou que era como eu, um amante dos extremos, adepto do tudo ou nada, temeroso do morno. Há semelhanças que é melhor não valorizar, por isso ficamos amigos, ainda que, vez ou outra, acabemos na mesma cama ou na mesma posição.

Espero que um dia eu encontre alguém que saiba reter o meu amor. O problema, porém, não está nos outros. Precisei de algum tempo, de alguns médicos e talvez da partida da minha irmã para entender isso.

Fui embalada, como todas as garotas da minha geração, pela ideia de amores eternos interrompidos apenas pela morte. Os casais imperecíveis são transformados em modelos, as separações consideradas fracassos. Eu adoraria viver isso. Parte de mim ainda deseja. Mas talvez eu tenha sido feita para amar com mais frequência, e não por muito tempo. Talvez meu coração prefira dar um *sprint* a ter que correr uma maratona.

Por muito tempo tentei me moldar aos padrões, me encaixar nos modelos, até que me rendi ao óbvio: me reconheço mais frequentemente na exceção do que na regra. Quando faço testes de revistas, nunca encontro a opção que corresponda a mim. Um dia, Mima me disse que isso acontecia porque a norma não era ampla o bastante, que tinha o tamanho de um riacho em plena seca, quando deveria ser tão vasta quanto o oceano. Ela tinha razão. Normas não passam de limitações que servem apenas para nos tranquilizar quando nos comparamos aos outros. Não sou normal, sou uma edição limitada. O que é muito melhor.

– Agathe! Cuidado! – Emma grita no meu ouvido.

Minha irmã é mesmo insuportável. Não é culpa minha se o sinal ficou vermelho enquanto eu estava absorta em meus pensamentos.

15h19

Tem uma coisa que eu gostaria que me explicassem. Por que sempre esbarramos nas pessoas que não queremos ver e nunca deparamos com as que sonhamos ver? Por exemplo, agora, voltando para a casa de Mima, eu teria adorado encontrar o Brad Pitt (a cavalo, sem camisa e de cabelos compridos, de preferência, mas teria me contentado com ele de qualquer jeito, não sou exigente). Mas não, é Joachim Garcia que parece nos esperar na frente do portão. Cogito atropelá-lo, me defenderia alegando tê-lo confundido com uma lombada, mas duvido que minha irmã aprove, então estaciono a *scooter* direitinho.

– Você acabou de passar por cima do meu pé – ele diz quando desço.

– Ah, não vi. Não deixe seu pé em qualquer lugar. Nem seu pau.

– Oi, Joachim – minha irmã traidora intervém com toda a educação.

Passamos pelo portão e eu o fecho antes que ele tenha tempo de nos seguir.

– Podemos conversar? – ele pergunta.

– Não, obrigada.

– Agathe, eu realmente quero falar com você.

Reviro os olhos de maneira ostensiva e jogo as chaves para Emma.

– Não vou demorar.

Ele está usando uma calça jeans desbotada, uma camiseta branca e óculos de sol. Odeio pessoas que não tiram os óculos de sol quando falam com alguém. Tenho a impressão de estar falando com um espelho. Ele está bem à vontade, com as mãos nos bolsos, sorrindo de canto, só falta o chiclete.

– Senti que você estava um pouco tensa ontem. Pensei que estava tudo resolvido, mas obviamente não está, então quero pedir desculpas se magoei você.

Eu solto uma gargalhada:

– Magoou? Você se acha mesmo grande coisa. Sinto muito se me achou fria, é que não o reconheci. Você tinha desaparecido da minha memória.

– Agathe...

– É o meu nome. E o seu é...?

– Nós éramos jovens, eu era imaturo, acontece com todo mundo.

– A morte também, mas nem por isso é aceitável.

Ele tira os óculos. Seu olhar está exageradamente triste, ele está forçando, parece um cachorrinho manhoso.

– Melhor de óculos.

– Vejo você melhor sem eles. Você continua bonita.

– Se puder tentar não me fazer vomitar...

Em vez de se sentir desencorajado, ele continua:

– Ouvi dizer que você não lidou bem com a coisa, que fez uma besteira. Não tive coragem de ligar. Sua avó não me perdoou, achei que ela fosse me bater. Minha mãe me disse que ela morreu recentemente. Sinto muito.

Meus olhos se enchem de lágrimas, está fora de questão chorar na frente dele. Me preparo para entrar em casa quando uma voz feminina o chama da casa vizinha.

– Estou indo, querida! Eu... vim pegar uma coisa no carro, já vou! – Ele se vira para mim. – É a minha esposa, ela está grávida. Prefiro evitar... Você tem filhos?

– Sim, tenho sete, um para cada dia da semana, como calcinhas.

Não espero a reação dele, viro as costas e entro na casa de Mima. Emma está no chuveiro, pego um punhado de sucrilhos e me sento na poltrona, de frente para o ventilador.

ONTEM

ABRIL DE 2000

EMMA – 20 ANOS

Mamãe empurrou os móveis para abrir espaço e pendurou balões. Todo mundo está aqui para comemorar meus 20 anos. Mima e vovô vieram de Anglet, Margaux veio de Bordeaux, até Cyril foi convidado, embora mamãe não o suporte (ela acha que pessoas gentis demais são suspeitas). Também estão presentes as amigas da academia, que não vejo desde que parei de ir, depois do Ensino Médio.

Mamãe me pediu para comprar cigarros, insistindo em que eu tomasse o tempo que quisesse. Não foi muito discreto, eu suspeitava de algo, mas não esperava tanto. Quando voltei, todos gritaram "Surpresa!", como nos filmes. Agathe e Mima trouxeram o bolo: um floresta negra.

"Sua avó queria fazer o tiramisù *dela", explica minha mãe ao perceber que fico satisfeita com a escolha, "mas sei que você prefere floresta negra. Conheço minha filha!"*

Mima revira os olhos, eu dou uma piscada para ela. Nós duas sabemos que eu teria preferido o tiramisù *dela, é minha sobremesa preferida. Uma vez, tentei fazer um. Segui passo a passo a receita que ela me deu, o resultado ficou bom, mas não era o* tiramisù *de Mima. Ela tem um toque que torna delicioso até o prato mais simples. Sorrio para mamãe, concordando com a cabeça, pois a verdade estragaria a festa.*

Chega a hora dos presentes. DO presente, para ser mais exata. Um envelope azul, em que se lia "Feliz aniversário, Emma!".

Abro o envelope me perguntando o que poderia ser, me preparando para fingir, em caso de decepção. Todos os olhares estão concentrados em mim e parecem ansiosos para ver minha reação. Percebo que estou maravilhada antes mesmo de ler o cartão.

"Vale uma carteira de motorista."

Não preciso fingir, nunca ganhei um presente tão bom. Que demais! Todos se juntaram para me presentear. Tenho um pouco de dinheiro guardado, mas, entre o aluguel que mamãe cobra de mim e as despesas, meu salário desaparece rápido, e minha chefe ainda não quer me empregar em tempo integral. Amanhã mesmo vou me inscrever na autoescola!

Agathe me leva para o quarto dela, tem outro presente para me dar e não quer fazer isso na frente de todos.

Ela tira de trás da cama um grande quadro que retrata duas personagens. Nos reconheço imediatamente. Minha irmãzinha e eu, ela com a cabeça apoiada em meu ombro, de olhos fechados, eu olhando para ela. "É minha primeira pintura", ela me diz. E ri, como sempre faz quando a emoção é grande demais: "Assinei embaixo. Quem sabe um dia vai valer milhões!". Não consigo desviar os olhos da tela. "Vale muito mais que milhões para mim", respondo.

Alguém bate à porta. Mima e vovô precisam ir embora, eles têm quase quatro horas de estrada pela frente. Mima se certifica de que o quarto está bem fechado e me entrega uma caixinha. Sei o que vou encontrar, recebo exatamente a mesma caixa todos os anos desde que nasci. Dentro dela, uma pérola cultivada.

"Esta é a mais importante", sussurra Mima, acariciando o colar em torno de seu pescoço, "porque é a última. Estou muito emocionada, minha querida."

Eu também estou emocionada. Essa é uma tradição que Mima herdou da própria avó. Todos os anos, até o vigésimo aniversário, ela lhe deu uma pérola. As vinte pérolas foram então unidas em um colar.

"Nunca o tiro do pescoço", Mima me disse muitas vezes.

Ela acaricia minha bochecha. "Minha primeira neta, meu amor. Vinte anos, já. Sabia que, quando você nasceu, eu tinha

48 anos? Quando eu passeava com você no carrinho, as pessoas me confundiam com sua mãe, e devo admitir que nem sempre as corrigia."

Me atiro em seus braços. Eu a amo tanto. Sem ela, sem vovô, não sei como minha vida teria sido. Os verões com eles sempre foram o parêntese colorido em meio a tons de cinza. Nunca contei a eles o inferno do nosso cotidiano, para que não ficassem preocupados, para proteger mamãe, mas sei que eles sabem, que sentem. Que eles veem as marcas. Várias vezes, Mima me fez perguntas. Eu menti. Ela respeitava meu silêncio, porém em um tom sério, que eu não conhecia, ela dizia: "Uma palavra, um sinal, e vocês vêm morar comigo".

ONTEM
AGOSTO DE 2000

AGATHE – 15 ANOS

Vovô morreu ontem. Mamãe decidiu que eu deveria voltar para casa, para deixar Mima em paz, mas abandoná-la estava fora de questão. Emma está de férias com Cyril, está vindo se juntar a nós.

Meu coração está despedaçado. Não consigo acreditar que nunca mais o verei. Acima de tudo, não consigo acreditar que Mima nunca mais o verá. Ele se foi ontem de manhã, ataque cardíaco, acabou. É nela que penso desde que soube. Nem desmaiei, o que costuma acontecer em momentos emocionalmente intensos, e, agora, em termos de emoções fortes, posso dizer que estamos no máximo.

O médico lhe deu um remédio para dormir. Passei a noite ao lado dela. Mima falou o nome do vovô várias vezes ao longo da noite, e também o do papai. Só então me dei conta de que nunca tinha realmente pensado no que ela sentiu quando ele morreu.

Ela ainda está dormindo quando me levanto, o que nunca acontece. Preparo o café da manhã, o mesmo que nos faz todas as manhãs: fatias de pão torrado com manteiga salgada. Preparo um café para ela (já provei, ficou horrível) (como o cigarro, que mesmo assim eu fumo, roubo alguns Peter Stuyvesant da bolsa de minha mãe).

O quarto está escuro, deixo a porta aberta para a luz do corredor entrar. O assoalho range, Mima abre os olhos. Ainda está vestida com a roupa de ontem. Coloco a bandeja ao pé da cama e me deito a seu lado. Ela sorri para mim, acaricia minha bochecha e então, de repente, vejo a consternação em seus olhos. Por alguns segundos, ela havia esquecido, mas a realidade tinha acabado de alcançá-la.

Me aninho a seu lado, como quando era pequena e ela consolava minhas mágoas. Ela chora, seu corpo todo é sacudido pelos soluços.

Não sei o que fazer para acalmá-la, acaricio seus cabelos, seco suas lágrimas, é a primeira vez que preciso consolar alguém que não eu mesma, e é justamente Mima. Eu não sabia que era possível sentir tanto a dor de outra pessoa. Não sei o que fazer com toda essa dor, gostaria de expulsá-la, de voltar no tempo, de trazer de volta vovô e o sorriso de Mima. Estou disposta a fazer qualquer coisa para que se sinta melhor, não apenas por ela, mas por mim também, porque não posso imaginar que ela não se recupere, que também desapareça. Eu não poderia suportar ter que ficar um dia sem Mima.

Me levanto e lhe entrego o café. Ela se acalma um pouco, respira, fecha os olhos. Pego uma das torradas para mim. Ela me abraça.

– Obrigada, minha querida.

– Não coloquei açúcar, você quer?

– Não é pelo café que agradeço. É por seu amor. Você já entendeu tudo, sabe que esse é o único remédio para a tristeza. É a única coisa que importa, no fim: encontrar um lugar no coração dos outros e acolher pessoas em seu próprio coração. Você é especial, minha querida. Você coloca suas emoções acima da razão, nunca perca isso.

Tento não chorar, mas ela não está ajudando.

– Obrigada, Mima. Mesmo assim, não tenho certeza se quero ser especial. Mamãe diz que a vida é mais fácil quando você não tem coração, e talvez ela esteja certa. Se você não ama ninguém, não perde ninguém e nunca fica triste.

Ela sorri, pensei que nunca mais veria isso.

– Minha querida, prefiro sofrer até o fim de meus dias porque perdi seu avô a nunca tê-lo conhecido.

– Mas, se você não o tivesse conhecido, não estaria triste.

– Eu estaria triste por não tê-lo conhecido.

– Você não saberia disso porque não o conheceria.

– Você vai entender quando crescer.

Odeio essa frase que os adultos soltam quando não têm mais argumentos. Espero que Mima esteja certa, que seja bom ser como eu sou, porque às vezes sinto que meu coração ocupa todo o espaço dentro do meu corpo, e não é nada prático para respirar.

HOJE
8 DE AGOSTO

EMMA

17h06

Uma parede inteira do antigo quarto de meu pai está coberta de fitas de vídeo. Vovô era apaixonado por cinema. Todo início de semana, quando recebiam a programação da TV a cabo, ele marcava os filmes que o interessavam. E programava a gravação no seu videocassete, depois recortava do guia o trecho com o resumo, a resenha e a capa do filme e colocava essas informações na capa da fita. Na lateral, ele escrevia o título e um número. Então o protocolo estava quase concluído. Só faltava abrir o caderno preto na página da primeira letra do título e adicionar o filme e o número correspondente. O caderno – e a prateleira – continha centenas de obras, a maioria delas sem o início ou o fim, apesar da margem de erro que vovô previa ao programar a gravação. Ainda o vejo reclamando da maldita propaganda que atrasava o início do filme.

Na parte inferior da estante, há fitas menores, classificadas por ano. Pego a de 1996.

– Você sabe o que são essas fitas? – pergunto a Agathe.

– Os vídeos caseiros do vovô. Você não lembra que ele gravava tudo com a filmadora?

A lembrança começa a voltar, como se tivesse sido retirada de um sono profundo. O rosto marcado do nosso avô, seu olho brincalhão atrás da câmera preta.

– Acha que podemos assistir?

– Eu sei que Mima às vezes assistia – responde minha irmã. – Ela colocava a fitinha pequena dentro de uma maior. Veja, está aqui!

Ela pega uma fita VHS da prateleira, em cujo centro há um espaço retangular; a fitinha de 1996 se encaixa perfeitamente nele.

– Será que o videocassete ainda está funcionando?

– Vamos tentar!

18h01

Levamos quase uma hora. O videocassete claramente não era usado havia muito tempo, o controle remoto estava desaparecido e a televisão não reconhecia o aparelho. Mas, no fim, conseguimos. As cores estão desbotadas, o enquadramento é aleatório, o interesse do assunto é relativo: o passado aparece na tela.

O Coliseu de Roma e a voz de vovô ao fundo.

"14 de janeiro de 1996. Chegamos a Roma esta manhã depois de uma longa viagem de ônibus. A primeira visita organizada é ao Coliseu e devo dizer que não imaginava que seria tão impressionante. Olhem só essa arquitetura. Ué, por que a filmadora está fazendo esse barulho? Ah, não! Ela não pode me abandonar no primeiro dia! Paguei uma fortuna por ela. Querida, você viu isso? O vendedor me disse que era indestrutível, mas já começou a aprontar."

A voz de Mima.

"Querido, vou dizer só uma vez: não quero ouvir reclamações sobre seus aparelhos. Você sabe o que penso, eles sempre dão problema, deixam você aborrecido e estragam sua diversão. Aproveite com seus olhos."

"Eu sabia que podia contar com você."

"Sempre às ordens, querido."

Caímos na gargalhada. Eu tinha me esquecido do quanto os dois adoravam se provocar.

– Volte um pouco, quero ouvir Mima de novo! – diz Agathe.

Nós a ouvimos três vezes antes de continuar assistindo à visita a Roma. Então a tela fica preta e nos vemos no mês de março. Mima está sentada na sala, tio Jean-Yves sai da cozinha com um bolo cheio de velinhas acesas. Todos começam a cantar "Parabéns a você", a voz de vovô se sobrepõe às outras; era a especialidade dele, cantar como um tenor para divertir todo mundo.

Agathe afunda no sofá e puxas as pernas para junto de si.

A tela fica preta de novo, vamos para o mês de julho. Do jardim, a câmera está voltada para a porta-balcão da sala. Vovô suspira: "Você acha que elas vão demorar muito? Estou gravando enquanto espero". Mima responde: "Lembre-se de que você filmou o discurso do prefeito depois da eleição. Até uma parede seria mais interessante. Ah, ali estão elas!".

De fato aparecemos. Estou usando jeans rasgados nos joelhos e uma blusa rosa que deixa meu umbigo de fora. Agathe está com uma saia de babados amarela e uma blusa de crochê. "Vai, coloca a música", diz a Agathe de 11 anos. A Emma de 16 anos aperta o botão do rádio, Ophélie Winter começa a cantar e nós duas, a dançar.

*"J'étais assise sur une pierre / Des larmes coulaient sur mon visage / Je ne savais plus comment faire / Où trouver en moi le courage..."**

Me sinto dividida entre a vontade de desaparecer e a de abraçar aquelas duas meninas que ainda são inocentes o suficiente para colocar sua diversão acima do escrutínio dos outros.

– Meu deus, nós fizemos mesmo isso? – ri Agathe, escondendo o rosto atrás das mãos.

– Éramos as rainhas da coreografia, dançávamos em qualquer ocasião, você não lembra?

– Claro que lembro, para minha grande tristeza. Há coisas que é melhor esquecer. Como essa blusa de crochê. Parece uma toalha. Quem usa isso, além de uma mesinha de centro?

---

* Eu estava sentada em uma pedra / Lágrimas escorriam pelo meu rosto / Eu não sabia mais o que fazer / Onde encontrar coragem em mim... (N.T.)

– Olha só a carinha que você tinha, com seus cachinhos loiros. Você era tão fofa! Às vezes eu gostaria de voltar a essa época.

Agathe estica as pernas e apoia os pés em cima da mesa de centro:

– Eu não.

De súbito, tomo consciência de que foi com aquela idade que ela começou a ficar realmente mal. Pouco depois, ela parou de usar saia. Descobri, um dia, entrando em seu quarto sem bater, que estava escondendo os ferimentos que se autoinfligia nas coxas.

Mudo de assunto:

– Sabia que descobri recentemente que eu sempre cantei errado a letra de Ophélie Winter? Por anos, cantei "Deus me deu fé, um quê espacial". Na verdade, ela diz "um toque especial". Quando me lembro da quantidade de noites em que cantei a plenos pulmões essa música, nem ouso imaginar quanta gente me achou ridícula.

Como eu esperava, minha irmã não perde a oportunidade de rir.

– Nem me fale; comigo foi uma música da Axelle Red, que massacrei por muitos anos. Ela diz "Me deixa ser sua fã", e até bem pouco tempo atrás eu dizia "Me dê essa maçã".

Perco o fôlego com as gargalhadas.

– Mas você sabia que ela não podia estar realmente dizendo isso?

– Ah, não vejo por quê! Já me aconteceu de dizer algo do gênero.

Minha barriga dói de tanto rir. Agathe chega a lacrimejar. Quando enfim paramos de dar risada, vários minutos depois, colocamos para rodar a fita de 1990. Não a escolhemos ao acaso, sabemos o que vamos encontramos. Sabemos QUEM vamos encontrar.

Ele aparece nos primeiros segundos, de sunga na praia. Jogando frescobol com o irmão, tio Jean-Yves. A bola sempre vai longe demais, papai finge reclamar. "Não sei por que ainda insisto em jogar com ele, tem duas mãos esquerdas", ele diz a vovô, que está filmando.

– Eu tinha esquecido como era a voz dele – murmura Agathe.

Eu também. Em minhas memórias, eu ouvia uma voz, mas ela não se parece com a da fita.

Fico feliz de vê-lo, de ouvi-lo. Por um momento, tenho a impressão de que não está longe. Então me lembro da morte de papai, sinto o vazio que ela deixou em mim. É complicado seguir com a vida quando os alicerces estão ausentes.

Então penso nos meus filhos. Sinto falta deles. É uma sensação forte, imediata, sinto uma necessidade física de estar com os dois. Vem de minhas entranhas e toma conta do meu corpo, tudo se mistura, a emoção que me invade se torna indissociável.

Desde que me tornei mãe, vejo minha infância com um olhar diferente. Mais suave, mais compassivo. Com mais admiração, também. Nunca reclamei, nunca me emocionei com tudo o que passei, nunca achei minha vida mais difícil do que a dos outros. Foi ao pensar nos meus filhos em meu lugar que senti o medo, a tristeza, a injustiça de certas cenas. Enchendo-os de amor, uma parte de mim consola a criança que fui.

– Que tal irmos para a balada esta noite? – sugere Agathe.

Ela me arranca de meus pensamentos. Meu coração volta ao ritmo.

– Balada? De noite?

– Não, na matinê. Claro que é de noite! Faz anos que não vou a uma balada. O que acha?

Não acho absolutamente nada. Nunca gostei de sair, nem mesmo na época em que deveria gostar. Eu acompanhava minhas amigas e acabava dormindo em um sofá, apesar da música e da fumaça de cigarro. Estou prestes a dizer não, quando, como sempre que isso acontece, penso nas razões que me levaram a propor a Agathe esta semana de férias e aceito.

ONTEM

SETEMBRO DE 2001

AGATHE – 16 ANOS

Não consegui me levantar esta manhã. É a terceira vez desde o início do ano escolar. Coloco dois despertadores, um deles do outro lado do quarto, mas eu os desligo e volto a dormir. Posso dormir até o meio-dia, ou até mais quando me dou conta do que estou fazendo. O sono é meu esquecimento.

Felizmente, minha mãe sai cedo, senão seria uma guerra. Imito a assinatura dela no caderno de correspondência da escola, mas sinto que o diretor começa a desconfiar. Espero que ele não a chame, porque, por mais que eu tente, não consigo me passar por ela.

Não entendo por que sou assim. O cansaço entorpece meu cérebro e meu corpo, sou incapaz de me mover e pensar, a única coisa que quero fazer é dormir. Não estou nem aí para as consequências. Recebi duas horas de detenção porque peguei no sono na aula de Geografia. Eu tinha pedido para a Sonia me acordar caso a professora percebesse que eu estava cochilando, mas, como ronquei e todo mundo começou a rir, ela deixou que me pegassem (da próxima vez, não vou dizer nada quando ela estiver com sujeira entre os dentes).

São mais de 2 horas da tarde quando acordo. Me visto, sirvo uma tigela de cereal, arrumo tudo para não deixar nenhum vestígio e me sento na frente da televisão. Passo pelos canais, não tem nada para ver além de programas para idosos, e acabo deixando em uma novela da TF1. Às vezes assisto a coisas idiotas, mas ainda assim preciso saber o que acontece no final, então estou condenada a esperar até o programa acabar. Mas nunca saberei o que acontece. No momento que eu estava prestes a descobrir se Brenda enfim ficaria com Jason, uma edição especial interrompe o programa e uma repórter anuncia um acidente ocorrido nos Estados Unidos. As imagens são horríveis. Uma torre está em chamas, emanando uma fumaça preta e espessa. De repente, um avião se choca com a segunda torre, que também explode. Não consigo acreditar, fico paralisada. Olho as imagens de novo e de novo, não consigo desviar o olhar da tela. Não consigo me levantar, tenho dificuldade para respirar. Meu corpo todo treme. Outro avião é anunciado, no Pentágono. E um quarto avião, em um campo. Falam de um ataque. Não sei quanto tempo fico ali, chocada, com a tigela de cereais amolecidos intocada na mesa de centro. As duas torres desabaram.

Emma chega do trabalho, ela já sabe. E correu para casa assim que a lanchonete fechou. "Eu queria estar com você", ela diz. Mamãe volta mais tarde, chorando, e nos abraça. Ela não percebe que meus sapatos e minha mochila continuam no mesmo lugar desde ontem.

A noite cai. Comemos cereais na frente da televisão. Há novos vídeos, pessoas cobertas de poeira, gritos, mortes. Não estou preparada para isso. Não estou pronta para ver esse mundo. Quero voltar à infância, ainda que não tenha sido perfeita, quando minha principal preocupação era a roupa da Barbie, quando os adultos falavam em voz baixa para eu não ouvir seus dramas, quando acreditava que os mortos viviam no céu, quando o mundo se resumia à minha família. Não me sinto capaz. Às vezes, viver parece um esforço insuperável. Vou dormir.

ONTEM
NOVEMBRO DE 2001

EMMA – 21 ANOS

Cyril terminou comigo. Eu estava jogando Snake no meu Nokia quando recebi uma mensagem de texto.

"Acabou."

Eu não tinha crédito para ligar para ele e mamãe não queria que eu ligasse do telefone fixo, então fui até a casa dele para conversar. Cyril estava com um amigo, Kader, mas me deixou entrar. Ele estava distante, como se eu fosse uma estranha, enquanto eu fazia o possível para não chorar, sem sucesso.

Perguntei por quê, o que eu tinha feito de errado, e ele apenas respondeu que estava cansado, que queria seguir em frente. Tenho certeza de que está com outra pessoa, é a única explicação possível. Festejamos nosso primeiro aniversário de namoro, ele queria morar comigo e, na semana passada, disse que me amava para sempre. Eu era um dos três números preferenciais do plano de telefone dele, era um compromisso, afinal.

Tentei fazê-lo mudar de ideia, no entanto ele claramente preferia jogar The Sims com Kader do que me dar uma explicação. Ele nem percebeu quando saí.

Volto a pé, chorando demais para pegar o ônibus e correr o risco de encontrar alguém. Está chovendo, meus dedos estão congelados e sinto dor de barriga. Raras vezes senti tanta vontade de estar em casa.

Não sei se vou conseguir superar o que aconteceu. Nunca amei alguém como amo Cyril. Até treinei assinar com o sobrenome dele.

Trabalhamos no mesmo lugar, eu na lanchonete e ele na loja de roupas. Vou cruzar com ele todos os dias, o que não vai ajudar.

Mamãe está no trabalho. Vou direto para o quarto de Agathe. Ela está descolorindo o buço com água oxigenada enquanto ouve Britney Spears. Ela percebe imediatamente como estou e deixa o algodão de lado para me abraçar.

– O que aconteceu?

– Cyril terminou comigo.

– Quer que eu vá até a casa dele e acabe com ele?

Respondo que não, ela não seria capaz de fazer isso. Choro litros e litros, tenho a impressão de que isso não vai cessar, como se uma nuvem me seguisse internamente e tivesse decidido nunca mais me abandonar.

Agathe olha para o despertador e veste o casaco.

– Vai sair?

– Sim, Sonia está me esperando. Vamos à casa de Benoît, a galera toda vai estar lá. Você quer ir?

– Não quero ver ninguém. O que acha de irmos juntas ao cinema? Eu queria ver O diário de Bridget Jones, *dizem que é ótimo.*

Ela prende os cabelos em um rabo de cavalo apertado e deixa duas mechas finas caírem ao longo do rosto.

– Sinto muito, Emma, eu realmente quero ir.

Não consigo acreditar. Ela não deve ter entendido como estou mal, ela não pode me deixar sozinha enquanto meu coração está em pedaços, só para sair com os amigos que vê todos os dias.

Eu nunca faria isso com ela.

– Gagathe, por favor. Você pode ficar comigo?

Ela para, pensa e se senta ao meu lado na cama.

– Sonia está me esperando, as coisas não estão bem com o namorado. Ela precisa de mim. Vou voltar cedo, prometo.

HOJE
8 DE AGOSTO

AGATHE

23h30

Raras vezes me senti tão velha. O clube noturno aonde eu costumava ir não existe mais, então procuramos na internet um lugar para dançar. Escolhemos o mais bem avaliado, um clube no coração de Biarritz, nos arrumamos (de minha parte, caprichei na maquiagem) (coloquei tanto iluminador nas bochechas que um astronauta pode me ver do espaço) e chegamos inocentemente, sem imaginar o choque de idade que teríamos.

– Faz vinte anos que não vou a uma discoteca – soltou Emma ao passar pela porta.

Os seguranças dão risada.

– Emma, não se diz "discoteca" desde o século passado.

– Ah? Ainda se diz "*dancing*"?

Devo ter feito uma cara estranha, porque ela sente necessidade de esclarecer que estava brincando.

A pista está vazia quando chegamos. Nós nos aproximamos do bar, um garçom vem tirar nosso pedido.

– Não tem ninguém? – Emma pergunta.

– Vocês são as primeiras! – ele responde. – É muito cedo, as pessoas chegam mais tarde.

Eu tinha me esquecido desse detalhe. E, se eu tivesse dado ouvidos a Emma, teríamos chegado às 10 horas da noite. O garçom coloca nossas bebidas no balcão e retoma o que estava fazendo.

– Tenho certeza de que gostou dele – sussurra Emma, piscando o olho.

– Pare com isso, ele tem 12 anos, aposto que ainda está na escola. Você poderia ser avó dele.

Ela não responde. Não é do feitio de Emma deixar passar uma oportunidade tão boa de retrucar. Desde o fim da tarde, sinto que ela está diferente, ausente.

– Quer ir embora? – pergunto.

Ela hesita por alguns segundos, parece estar dialogando consigo mesma, depois se dirige à pista:

– De jeito nenhum. Meu corpo idoso precisa dançar!

Eu a sigo. Não conheço o som que está tocando, é uma espécie de música eletrônica com um ritmo bem rápido, nem sei como se dança isso. Estou acostumada com rock, R&B, pop, balanço a cabeça e os braços tentando acompanhar o ritmo. Emma parece ainda mais perdida que eu. Ela dança timidamente, como se estivesse com vontade de fazer xixi. Me arrependo da minha ideia, não sei o que estamos fazendo aqui. Não vamos ficar muito tempo, uma música ou duas e vamos embora.

0h53

Emma está em transe. Se eu não tivesse ficado ao lado dela a noite toda, juraria que tomou alguma coisa (e não chá de camomila). No meio da pista agora lotada, ela dança sem parar há mais de uma hora. Seus movimentos são amplos, surpreendentemente fluidos, como se estivesse reaprendendo a dominar seu corpo. Quanto a mim, meu coração me obriga a fazer pausas regulares e me faz entender que, se eu exigir demais, ele pode entrar em greve.

Um cara se aproxima enquanto termino uma bebida, sentada no canto de um sofá.

– Oi. Posso me sentar com você?

Percebo a delicadeza da abordagem, mas não consigo considerar a ideia de flertar com uma criança.

– É gentil da sua parte, mas eu vou voltar para a pista – respondo.

– Podemos dançar juntos?

– Como você se chama?

– Léo.

– Léo, fico tocada por você estar interessado em mim. Mas só fico com homens que já saíram das fraldas.

Ele ri, dá um tapinha na minha mão e se afasta. O DJ começa uma nova música, Emma continua dançando, de olhos fechados, transportada pela música, alheia ao que acontece ao seu redor. Quando um raio de luz incide sobre seu rosto, entrevejo um sorriso. Deixo meu copo e me junto a ela.

– Está tudo bem? – pergunto no ouvido dela.

Ela abre bem os olhos, surpresa de me encontrar ali.

– Oh, Agathe, você teve uma ideia maravilhosa, isso está me fazendo tão bem!

– Você está precisando se sentir bem nesse momento?

Ela faz uma pausa, me olha com ternura, segura minha mão.

– Dance comigo, Gagathe. Esta noite, vamos esquecer de tudo.

Há algo em sua voz, em seu tom, que não me dá escolha. Então, danço. Não fecho os olhos, mantenho-os fixos nela, e a emoção me sufoca. É como se, sob a música ensurdecedora, sob a luzes ofuscantes, depois de três dias nos medindo, nos cercando, eu realmente a visse. Em sua entrega, Emma está aqui. Cinco anos se passaram. Esta noite, reencontro minha irmã mais velha.

ONTEM

MAIO DE 2002

AGATHE – 17 ANOS

A coordenadora me chama ao término da aula. Imagino que queira me repreender por ter faltado na semana passada, mas não, ela quer me parabenizar. "Nas últimas duas semanas, todos os seus professores notaram uma mudança em seu comportamento. Você participa, demonstra boa vontade e suas notas estão refletindo isso. O sr. Loste me disse que você tirou oito em Matemática, o que vai melhorar sua média."

Sou a primeira a chegar em casa, Emma ainda está no trabalho e mamãe ainda está em tratamento. Ela diz que desta vez é sério. Decidi parar de ter esperanças. Depois da esperança, só há decepção. No entanto, bem lá no fundo, ainda acredito um pouco. Ela volta amanhã, mal posso esperar, embora tudo fique mais calmo quando não está aqui. Arrumo o apartamento, passo o aspirador e, já que estou nessa vibe, *limpo os vidros. Ela vai ficar contente.*

Tenho me sentido ótima ultimamente. Acho que a adolescência acabou! Ou talvez seja porque estou saindo com Kamel. Nunca estive apaixonada assim, é incrível, quero estar com ele o tempo todo. Ele mora longe, preciso pegar três ônibus para vê-lo, mas vale a pena. Kamel me deu o CD do filme Moulin Rouge, *ouço sem parar e penso nele. Tenho certeza de que é o homem da minha vida.*

Vou torcer por ele todos os sábados, durante as partidas de rúgbi, e depois ficamos com a equipe e as namoradas. Todos me adoram, eu invento jogos, animo o ambiente, todos se divertem. Quase sempre acabamos em uma boate, danço por horas a fio, sem parar, até a hora de fechar, e se eu pudesse continuaria por mais tempo. Sou sempre a última a sair, os seguranças me chamam pelo nome.

Enquanto espero Emma, ligo a televisão e pego um pacote de cookies, *queijo, salgadinhos, um copo de Coca-Cola e me instalo na sala para trabalhar em meu projeto. Faz três semanas que me dedico a ele, todos os dias e parte da noite. Até eu pegar no sono, na verdade. Desenho silhuetas, vestidos, calças, bustiês, sapatos de salto, botas. Foi vendo Jean-Paul Gaultier na televisão que tive essa ideia. Ele parece tão legal! Quando eu terminar, vou enviar meus desenhos para ele, tenho certeza de que vai me ligar para trabalharmos juntos. Não sei como não pensei nisso antes, é óbvio que nasci para isso.*

Emma volta às 6 horas da tarde. Há folhas espalhadas por toda a sala. Ela revira os olhos e vai direto para o chuveiro. Eu sei o que está pensando, mas está errada. Ela diz que Jean-Paul Gaultier não vai se importar com meus desenhos, que nem vai olhar para eles. Emma diz que é para o meu bem, que não devo ter sonhos grandes demais, senão ocupam mais espaço que a vida real. Ela diz que não quer que eu me decepcione. Minha irmã está com ciúme. Não vou me decepcionar, tenho certeza de que estou certa. Jean-Paul Gaultier vai adorar meus desenhos, vai me implorar para trabalhar com ele, vou morar em Paris com Kamel, e minha mãe, Mima e Emma vão ficar orgulhosas de mim.

ONTEM

AGOSTO DE 2002

EMMA – 22 ANOS

Pedi demissão. Minha chefe queria que eu tirasse férias em setembro, o que implicaria cancelar o verão com Mima. No ano passado, tirei apenas duas semanas, foi difícil, mas melhor do que nada. Durante o ano, conto os dias que me separam de minha avó, seria impensável esperar até setembro para vê-la.

Minha mãe ficou muito chateada, ameaçou me colocar para fora de casa se eu não puder pagar minha parte do aluguel. Prometi a ela que encontraria outra coisa na volta às aulas, mas, na verdade, só sonho com uma coisa: ir embora. Não aguento mais suas crises de raiva. Ela não me bate há algum tempo, parece que ter passado para o lado dos adultos me deu uma espécie de imunidade, mas ela não hesita com Agathe. Durante toda minha vida, tive medo dela, arranjei desculpas para seu comportamento, porém sinto a raiva tomando conta de mim. Não sei quanto tempo ainda consigo aguentar. É insuportável depender do humor dela, temer o retorno dela a cada noite, prestar atenção a tudo o que digo, como digo, como a olho, como caminho.

– Quer um pedaço de bolo? – Mima pergunta para mim.

Toda a família está sentada sob a tília para comemorar o aniversário do tio Jean-Yves. Mima me oferece um pedaço de tiramisù, *ela sabe que não consigo resistir.*

– Agathe também deveria comer – observa tia Geneviève.

– Eu já disse que não quero – responde minha irmã.

– Você não precisa falar nesse tom, era para ajudar. Você está mais magra que um palito e não come nada.

Agathe revira os olhos. Coloco minha mão em seu braço para mostrar que estou do lado dela, ainda que esteja começando a ficar cansada de seu temperamento. O início das férias foi perfeito, mas, nos últimos dias, ela está insuportável com todo mundo.

– Vamos, minha querida – intervém Mima. – Coma um pouquinho e ninguém mais vai lhe incomodar.

Agathe se levanta bruscamente:

– Me deixem em paz!

– Como é que é? – rosna meu tio, levantando-se também.

– Você acha que me assusta? – caçoa Agathe. – Eu disse: "Me deixem em paz!". Não estou incomodando ninguém, estou quieta no meu canto, e estão sempre me provocando. Estou de saco cheio de todos vocês. Me deixem, caralho!

Ela sai correndo e bate o portão. Todos ficam em silêncio. Por vários segundos, todo mundo parece atordoado.

– Sempre pensei que essa garota seria complicada – acaba dizendo Jean-Yves, voltando a se sentar.

– Ela não tem uma vida fácil – ameniza Mima.

– Mamãe, pare de arrumar desculpas para ela! Isso não ajuda em nada. Na nossa família, não nos comportamos assim, e não vai ser hoje que isso vai começar.

– Ela me lembra da mãe dela – desabafa Geneviève.

Minha tia olha para mim e então completa:

– Felizmente, você não é como elas.

Abaixo a cabeça, envergonhada. Envergonhada por não ter defendido minha irmã, por não ter explicado a eles como ela é incrível depois que a conhecemos de verdade. Que não conheço ninguém mais generoso, sensível e empático do que ela. Que às vezes transborda, que não sabe o que fazer. Envergonhada por não ter gritado para eles que Agathe não tem nada a ver com nossa mãe, que nunca fez mal a ninguém, que a única pessoa que ela machuca é ela mesma. Envergonhada, acima de tudo, porque bem no fundo estou começando a pensar como eles.

HOJE
9 DE AGOSTO

EMMA

3h14

Deixo a água pelando escorrer por minha nuca. Estou congelada, não consigo me aquecer. No entanto, no meio da noite, o termômetro de Mima ainda marca 28º C.

Agathe pegou no sono. Pensei que ela não conseguiria. Iniciar uma conversa séria às 2 horas da manhã não foi exatamente uma ideia brilhante.

Ela já estava contrariada ao sair da boate. Na chapelaria, encontrou um amigo que, mal a cumprimentou, fez questão de lhe contar que seu ex, Mathieu, estava em um relacionamento. Na volta, Agathe ficou repetindo a mesma coisa: "O canalha não perdeu tempo. Tenho certeza de que já estava com ela, foi por isso que me deixou, mas é tão covarde que preferiu colocar a culpa em mim. Espero que ela lhe dê mais chifres que um veado". Enquanto eu dirigia, tentei amenizar a situação.

– Talvez o seu amigo tenha se enganado.

– De jeito nenhum, ele me disse o nome da garota, nem fiquei surpresa. Não conheço ninguém mais promíscuo que ela. Nunca passou um dia da vida solteira.

– Calma, Agathe, assim você vai machucar a si mesma.

– Só estou falando a verdade. Não estou julgando, cada um faz o que quer, mas é um fato: essa garota teve mais salsichões que uma churrasqueira.

– Então ele não era o cara certo. Sabe o que dizem? Um perdido, dez achados.

No momento que as palavras saíram dos meus lábios, me perguntei por que tinha dito aquilo. Conheço poucas expressões mais estúpidas do que essa. Mas não imaginei que Agathe ficaria tão furiosa. Sua voz subiu um tom, ela quase gritou:

– Sério, Emma? É tudo o que tem a dizer? Você realmente acha que as pessoas são intercambiáveis? Acha mesmo que dez caras vão me fazer esquecer aquele que eu amo? Nem sei por que fico surpresa, é lógico que pensa assim.

Não respondi, sabia exatamente o que estava insinuando. Ela deixou passar um momento de silêncio, talvez para tentar conter o que estava queimando em seus lábios, e soltou:

– Foi nisso o que pensou quando me tirou da sua vida? Que eu só precisava substituir você por outra?

Ela explodiu em soluços e bateu com força no painel do carro.

– Pare o carro, quero descer.

Fingi que não a ouvi. Não havia a menor chance de eu deixá-la na rua no meio da noite. Ela começou a gritar:

– EMMA! ME DEIXA SAIR, PORRA!

– Calma, Gagathe.

– NÃO ME CHAME ASSIM! VOCÊ ME ABANDONOU, NÃO FAÇA DE CONTA QUE AINDA SOMOS PRÓXIMAS!

Fiquei em silêncio. Seus momentos de raiva sempre me paralisaram, eu sabia que o melhor era esperar que passassem.

Agathe se atirou para fora do carro assim que estacionei na frente da casa de Mima. Ela entrou, bateu a porta da entrada e foi direto para o quarto. Do jardim, eu a ouvi chorar.

Esperei o silêncio voltar e fui até lá. Ela estava encolhida na cama, o rosto todo sujo de rímel.

– Sinto muito – ela disse.

– Não é culpa sua, Gagathe.

– Você sabe?

Eu balancei a cabeça.

– Mima me disse.

Ela se endireitou.

– Faz três anos que recebi o diagnóstico. Não foi a surpresa do século, eu sabia o que iam me dizer. Transtorno bipolar tipo 2.

– Como você reagiu? Deve ter sido um choque.

– Um pouco, é claro. Eu teria preferido não ter que fazer um tratamento para sempre e, quando digo que sou bipolar, as pessoas ficam receosas. Mas foi, principalmente, um alívio imenso. Primeiro, porque explicou os períodos em que mal tinha forças para sair da cama, depois os períodos em que ficava hiperexcitada, e também as minhas raivas, enfim, tirou das minhas costas uma grande culpa. Acima de tudo, foi o fato de haver um tratamento que, se funcionasse, poderia me proporcionar uma vida mais normal. Demoramos para encontrar a dosagem certa, no começo foi pior, e há alguns efeitos colaterais e ainda algumas turbulências, mas estou vivendo melhor.

Ela fez uma pausa, me encarou. Estava esperando a minha reação. Quando Mima me falou sobre o transtorno de minha irmã, também não fiquei surpresa. Eu sempre soube. Não de maneira consciente, mas sim de maneira instintiva ou visceral. Desde o nascimento de Agathe, percebi nela uma fragilidade, uma vulnerabilidade. Ela caminhava à beira do abismo. Era dominada por suas emoções, ficava à mercê de seus humores. Talvez tenha sido por isso que, naturalmente, me transformei em seu escudo. Eu temia que o menor impacto a quebrasse. Colocar em palavras o transtorno de Agathe me permite entendê-la melhor, contudo, a meus olhos, o diagnóstico não muda nada. A bipolaridade não a define, é apenas uma parte dela.

Coloquei minha cabeça em seu ombro:

– Fico feliz que esteja melhor. Eu vejo, sinto isso. Mas admita que encontrou um bom pretexto para poder gritar comigo.

ONTEM

ABRIL DE 2003

AGATHE – 18 ANOS

Hoje faço 18 anos. Romain me espera na saída do colégio. Eu o ouço de longe, ele está ouvindo 50 Cent no volume máximo em seu Clio. Não me atrevo a dizer que não é meu estilo, prefiro Kyo (tenho ouvido "Dernière danse" em loop *desde que foi lançado). Não quero decepcioná-lo, ele é o homem da minha vida. Nunca senti isso antes. Emma me garantiu que eu dizia a mesma coisa sobre Kamel e Manu; pode ser, mas não tinha nada a ver. Romain é perfeito.*

Não consigo acreditar que tenha se interessado por mim. Ele é lindo, sério, poderia sair com mulheres incríveis. Não entendo o que ele vê em mim. Meu nariz é tão comprido que me pergunto como não caio para a frente, tenho o cabelo da Nellie Oleson e os dentes acavalados. Além disso, ganhei dois quilos desde o verão passado, estou enorme, usando tamanho 38. Minha mãe fica de olho no que como, ela me pegou atirando comida pela janela. Conversou sobre isso com o médico, não sei o que ele disse, mas ela não me deixa em paz. É um absurdo eu não poder fazer o que quiser com o meu corpo!

Eu não sabia que Romain viria me buscar, foi uma surpresa. Ele me diz para entrar no carro, que vamos para a casa dele. Eu vou, mas tenho que ficar de olho no relógio, minha mãe planejou um bolo, antes disso vamos ao restaurante como todos os anos e ela vai encher o saco se eu chegar atrasada.

Ele me presenteia com um CD de duas músicas da Avril Lavigne. "Eu gostaria que você usasse tops curtos, como ela", ele diz.

Vamos para a cama. Ainda dói um pouco, não consigo relaxar. Eu gostaria que ele fosse mais paciente, que as coisas não fossem tão apressadas, mas não me atrevo a dizer.

Ele me traz de volta na hora certa. Mamãe e Emma estão em casa, cantam "Parabéns a você".

Depois do restaurante, mamãe pega os álbuns de fotos e começa a chorar ao me ver bebê.

– Sei que eu era feia, mas, mesmo assim, contenha-se! – eu digo, rindo.

– É verdade, você era feia – confirma Emma. – Foi o que pensei quando a vi pela primeira vez.

– Passou tão rápido – lamenta minha mãe. – Eu gostaria de voltar no tempo, faria tudo diferente.

Passamos um tempo olhando as fotos, até que chega a hora do bolo. Ganho um mil-folhas enorme, para dividir.

"A maior fatia para a estrela do dia!", diz mamãe, me entregando um pedaço.

Ela não tira os olhos de mim, como até a última garfada. Está delicioso. O que mais gosto é a cobertura. Eu poderia comer a cobertura de mil-folhas o dia todo.

Porém, se fizer isso, não vou poder usar tops curtos.

Mamãe coloca uma música. Emma se serve de outra fatia. Vou ao banheiro, penso na minha barriga lisinha e enfio os dedos na garganta.

ONTEM
JUNHO DE 2003

EMMA – 23 ANOS

Fomos embora.
Foi a gota d'água.
Mamãe estava completamente descontrolada.
Pensei que ela fosse matar Agathe.
Enfiei minhas coisas em uma sacola.
Pegamos o ônibus, depois o trem.

Mima abre a porta.
Agathe começa a chorar, eu também.
"Entrem logo, minhas queridas."

HOJE
9 DE AGOSTO

AGATHE

9h23

Não sinto vontade de sair da cama. Só mais três dias e deu. Emma não para de bater na porta, minha única resposta é um resmungo.

Não sei como consegui passar todo esse tempo sem ela.

Quando tinha 15 anos, quebrei o pulso. Caí, coloquei as mãos na frente para me segurar e ouvi um *crac*. A dor foi tão intensa que não senti nada. Dizem que é isso que acontece quando sentimos muita dor, o cérebro bloqueia a informação. Meu cérebro bloqueou a falta da minha irmã. Passei cinco anos conseguindo viver sem ela, porque simplesmente não conseguia viver sem ela.

Quando me propôs esta semana juntas, minha primeira reação foi pensar "de jeito nenhum". Levei cinco dias para responder, para me convencer de que talvez fosse uma boa ideia. Nos dias anteriores ao nosso encontro, me motivei, como fazemos antes de um desafio que preferiríamos evitar. No final, cheguei fingindo alegria, mesmo que soasse falso. Quando a vi, minha armadura se desfez, e agora desapareceu por completo. Minha irmã e Mima são as únicas duas pessoas com quem me permito ser eu mesma. Sem controle, sem artifício. Totalmente desnuda. Essa naturalidade voltou. Ontem à noite, na pista de dança, senti a conexão que sempre tivemos. Nunca mais quero perdê-la.

9h42

Ela aparece na porta entreaberta.

– De pé, preguiçosa!

– Hmmm.

– Vamos, tenho uma surpresa para você!

Ela entra no quarto e abre as persianas. Enfio meu rosto no travesseiro:

– Não tenho a menor intenção de escalar La Rhune.

Ela ri.

– Prometo que vai ser mais legal. Vamos, saia da cama, estamos atrasadas.

10h15

Estamos indo para Biarritz, Emma está dirigindo. Desde que acordei, tento descobrir para onde ela está me levando.

– É algo para comer?

– Não vou contar.

– Algo para chupar?

– Agathe!

– Eu estava pensando em um sorvete, sua depravada.

– Claro.

– É um esporte?

– Não sei.

– Vamos ao cinema?

– Você está perdendo seu tempo.

Desisto, teria mais chances de fazer uma parede falar.

A visão de uma enorme aranha se movendo no painel me arranca abruptamente de meus devaneios.

O que estou dizendo, uma aranha?

Um monstro.

Um caranguejo.

Marrom, com pernas grossas. Ela está vindo na minha direção.

Eu grito, Emma dá um pulo.

– PARA! PARA IMEDIATAMENTE!

– Hein? Mas por quê?

– PAAARAAAA!

Inconsciente do perigo, ela sai da rotatória com toda a calma do mundo e estaciona no acostamento. Como uma pessoa ponderada e responsável, eu me ejeto como uma torrada e me vejo na calçada, com as pernas vibrando. Não consigo tirar os olhos da criatura, que continua calmamente explorando o carro. Minha irmã a avista, solta um grito que parece um último suspiro e também se catapulta.

– E agora, o que fazemos? – ela pergunta, escondida atrás de mim.

– Botamos fogo no carro.

Seu silêncio me faz pensar que ela está realmente considerando essa ideia.

– Não volto lá dentro até que ela saia. É ela ou eu.

– Diga isso pra ela, talvez ela ouça.

Eu estava brincando quando falei isso, mas o senso de humor de Emma parece ter ficado no banco do motorista. Ela dá um passo na direção do carro e encara a criatura, que não se move mais. Um duelo começa, a tensão atinge seu auge.

– É você ou eu, vadia. E eu sou mais forte.

– Se isso não impressionar o bicho...

A aranha ainda não disse sua última palavra, pois se aproxima da porta. Minha irmã dá um pulo para trás, à beira das lágrimas:

– Por favor, saia! Faço o que você quiser!

É demais para mim, caio na gargalhada. Ela tenta manter a seriedade, mas não resiste por muito tempo. Ficamos as duas chorando de rir na calçada, diante de uma aranha que nos encara.

10h29

Graças à intervenção de uma pedestre, que jogou a aranha para fora do carro com um livro, pudemos continuar nosso percurso. Chegamos bem na hora ao centro de massoterapia, onde Emma reservou uma massagem para nós.

– Pensei que era exatamente o que estávamos precisando – ela diz.

Me deixo levar para uma cabine enquanto ela vai para outra. É a primeira vez na vida que vou receber uma massagem. A profissional me informa que devo vestir a calcinha de papel disposta sobre a mesa e me deitar, depois me deixa sozinha. Tiro a roupa, penduro tudo no cabideiro, coloco o celular no silencioso e tiro a tal calcinha da embalagem. O problema surge imediatamente: não sei de que lado colocar essa coisa. Quer dizer, estou perto dos 40 anos, usei um bocado de calcinhas na vida, modeladoras, fio-dental, cintura alta, 100% algodão, renda, shorts, tangas, *bodies*, mas igual a essa coisa nunca. Os dois lados têm a mesma largura e, aparentemente, os fabricantes estavam sem orçamento. É uma calcinha *string* dos dois lados, que pode ser adequada para pessoas com cu na frente e atrás, mas infelizmente não é o meu caso. Tenho certeza de que, se eu peidar, vai apitar, como quando encostamos uma folha de acácia na boca e a assopramos. Fico me perguntando qual parte da anatomia isso deve cobrir. Talvez eu tenha entendido errado, talvez ela não tenha dito "calcinha", e sim "tiara".

Alguém bate à porta. Preciso me preparar.

Coloco a tal "tiara" pubiana como posso e a profissional retorna.

– Você prefere uma massagem relaxante ou energizante?

– Qual é a diferença?

– A massagem relaxante relaxa, e a massagem energizante energiza.

Opto pela "energizante", me perguntando se sou eu que não conheço aquela palavra ou se a profissional é que não conhece o dicionário.

Assim que ela começa, me arrependo de não ter escolhido a relaxante.

ONTEM
OUTUBRO DE 2003

EMMA – 23 ANOS

O anfiteatro é imenso, mas somos tantos que alguns alunos estão sentados no chão. É o segundo dia de aula e já fiz uma amiga. Ela se chama Maria e mora na quitinete acima da minha. Falou de mim para o gerente, amanhã tenho uma entrevista para trabalhar no McDonald's. Mal posso esperar para contar isso a Mima. Sei que ela me ajuda de bom grado, mas também sei que o aluguel é alto para sua pequena aposentadoria.

Estou tendo dificuldades para anotar tudo, o professor de História da Literatura fala rápido demais. Ele nos avisou no início da aula: só anotem o essencial, mas tudo parece essencial para mim.

"Não se preocupe em anotar, eu já tenho as aulas", sussurra meu vizinho.

Ele deve ter lido a pergunta em meu olhar, porque acrescenta: "Este é o meu segundo primeiro ano". Depois: "Meu nome é Alex, e o seu?".

Ontem, almocei um sanduíche de presunto em um banco, hoje me concedi um grande luxo: comer na cantina. Maria me acompanha. Ela me conta sua trajetória, sua saída da Espanha para estudar, eu escuto enquanto olho ao redor. Mal posso acreditar. Estou aqui. Depois de anos sonhando com isso, por fim se tornou realidade.

Meu celular toca. Não atendo, sei quem é. Minha mãe tem nos deixado dez mensagens por dia desde que saímos de casa. Ela pediu desculpas, ameaçou vir nos buscar arrastadas, falou em suicídio, chorou, gritou, mas nem eu nem minha irmã ligamos de volta. É difícil. Às vezes quero perdoá-la, acreditar quando ela jura ter entendido, quando promete que vai mudar. Quando você ama uma pessoa, é mais fácil acreditar nela do que na realidade. Vou acabar falando com ela de novo, porém preciso de tempo.

Alex está fumando na saída da cantina. Ele provavelmente está tentando ser discreto, mas vi ele diminuir a velocidade quando me viu.

– De onde você é? – ele me pergunta.

– Anglet.

– Legal! Eu amo o País Basco.

– Legal.

– Ótimo. Quer um cigarro?

– Eu não fumo.

– Certo. Bom, então, até mais!

– Tchau!

Ele se afasta, Maria ri:

– Que conversa emocionante!

Eu também dou risada, mas sigo com os olhos a agradável retaguarda de Alex.

Agathe já está em casa quando chego, jogada no sofá-cama onde dormimos juntas, devorando um pacote de salgadinhos enquanto assiste a Friends.

– Então, como foi o segundo dia? – ela pergunta.

– Ótimo! E você?

– Incrível! Consegui um emprego! Vou fazer limpeza em uma empresa de informática quatro noites por semana.

As aulas dela no Instituto Regional de Trabalho Social começaram no mês passado e parecem estar agradando. Ela formou um grupo de amigos, eu não a via tão radiante há muito tempo. O verão na casa de Mima foi complicado, sem dúvida um contragolpe da saída da casa de mamãe. Ela passou muito tempo no quarto, ouvindo música e desenhando. Joachim e Lucas tentaram convencê-la a sair para surfar, como fazem todos os dias em todos os verões, mas ela preferiu ficar trancada. Esse novo começo está cheio de promessas, quero muito acreditar nisso, junto com ela. Me acomodo ao lado de Agathe, roubo um punhado de salgadinhos e vejo Rachel anunciar a Ross que está grávida.

ONTEM

MAIO DE 2004

AGATHE – 19 ANOS

Emma tem dormido cada vez mais na casa de Alex. Ela sempre se oferece para ficar comigo, mas eu a faço acreditar que não preciso. A verdade é que nunca morei sozinha e não gosto.

Chego ao canil assim que ele abre. Meu estágio no Instituto Médico-Educativo terminou ontem, passei seis semanas com crianças que apresentam transtorno do espectro autista, e isso reforçou o que eu já tinha identificado: fui feita para cuidar dos outros. Retomo as aulas na segunda-feira e vou aproveitar o fim de semana prolongado para acolher meu novo companheiro.

Os latidos partem meu coração. Percorro os corredores resistindo à vontade de abrir todas as jaulas e libertar todos os cachorros.

Quando papai morreu, eu me convenci de que mamãe tinha feito a coisa certa ao devolver Snoopy ao canil. Isso me impediu de dormir por muito tempo, eu o imaginava sozinho, se perguntando por que não nos via mais, eu pedia aos céus para que alguém lhe enviasse novos tutores.

Vejo um labrador lindo, ele lambe minha mão através das grades. A ficha informa que ele se chama Sultan e tem 3 anos. Seu companheiro de cela se junta a nós. Eu não sabia que tanta feiura podia estar reunida em um único ser. Nada parece certo nesse animal, é como se todos os elementos tivessem sido montados aleatoriamente. É como um Senhor Cabeça de Batata canino. De acordo com a ficha, ele se chama Joey e tem 8 anos. Ele se mantém afastado, minha presença parece passar completamente acima de seu focinho.

Quando Emma chega, ouço seu grito antes de vê-la:

– O que é isso?

– Eu diria que é um cachorro, mas não quero me precipitar.

O animal está deitado de costas no tapete da sala.

– Mas o que ele está fazendo aqui?

– Eu o adotei.

– Hein? Agathe, você está brincando, só pode ser. Quem vai cuidar dele? Passamos o dia todo fora, ele vai ficar sozinho?

– Ainda é melhor do que o canil. Ele tem 8 anos e parece um porco-espinho, ninguém vai querer ele. Sabia que estava lá já fazia três anos?

Ela olha para ele. O cachorro abana o rabo.

– Viu, além disso ele parece um metrônomo. Eu não podia não ficar com ele.

Ela se agacha, suspirando, o cachorro se levanta e encosta o pelo em sua calça preta.

– De todo modo, não tenho escolha. Como ele se chama?

– Senhor Batata. Senhor Batata Delorme.

HOJE

9 DE AGOSTO

EMMA

11h40

– E a massagem? – pergunto a Agathe.

– Nem te conto, não fui massageada, fui arada.

– A massagista não foi delicada?

– A delicadeza em pessoa. Parecia a mamãe em uma noite de bebedeira.

Era para ser engraçado, mas a piada ecoa no vazio.

– Na verdade, me fez bem – Agathe se corrige. – Obrigada pela surpresa.

Ela me dá um beijo na bochecha e tira um saquinho plástico da bolsa:

– Roubei uma calcinha descartável. Quero guardar de lembrança.

12h02

Passo o trajeto de volta me mexendo ruidosamente no assento, caso outra aranha resolva aparecer. Vovô me ensinou isso quando eu era pequena, estávamos procurando cogumelos na floresta: "Você tem de fazer barulho ao andar, afasta as cobras".

– Está com bicho-carpinteiro? – pergunta Agathe.

Sorrio ao ouvir essa expressão antiga de nossos pais.

Minha irmã estende o braço e aumenta o volume. A voz de Céline Dion enche o carro.

– Lembra? – ela me pergunta.

– Claro que lembro.

Quando arrastei minha irmã ao cinema para assistir *Titanic*, ela me seguiu a contragosto. Eu já tinha visto o filme cinco vezes e já tinha chorado o equivalente ao Atlântico Norte. Eu falava sobre ele o tempo todo, me sentia arrasada com aquele drama e estava obcecada com a história de amor de Rose e Jack. Tudo o que eu mais queria era um dia amar com aquela mesma intensidade. Em minha empolgação, tinha contado o final para Agathe, que não vira mais sentido em assistir ao filme. Quando saímos, porém, ela perguntou quando voltaríamos. Ela tinha sido enfeitiçada. Fomos de novo na semana seguinte, na outra e na outra. Todas as vezes, saíamos de olhos vermelhos e nariz escorrendo. O bilheteiro do cinema ficou com tanta pena de nós que nos deixava entrar de graça.

Alguns meses depois do lançamento da trilha sonora, comprei o CD. Nós o ouvimos repetidamente por semanas a fio. Lembro-me de nós duas, sentadas na minha cama, traduzindo as letras com um dicionário inglês-francês para entender o que Céline Dion estava cantando, conseguindo um resultado bastante aproximado.

Traduzimos a frase "You're safe" como "Você é cofre", mas nenhuma achou estranho.

Nunca esquecemos as letras. No carro, agora, cantamos alto, com as janelas abertas. As pessoas se viram quando passam por nós, mas não nos importamos. Estamos de volta ao nosso quarto da adolescência, com Rose e Jack.

– Sabia que o Jack poderia ter sobrevivido? – Agathe pergunta de repente. – Tinha espaço suficiente para os dois naquela porta. Foi provado por especialistas.

– Pare. Já me disseram isso, mas eu me recuso a acreditar nessa teoria.

– Por quê?

– Porque isso mudaria a imagem que tenho de Rose, e ninguém mexe com Rose DeWitt Bukater.

– Ok, então não vamos falar sobre o fato de ela ter deixado o Jack algemado por um tempão antes de perceber que ele estava em perigo?

– Também não.

– Certo. Nada sobre a joia valiosa jogada no fundo do mar?

– Não estou ouvindo nada. "*Youuuu're heeeeere, theeere's noooothing I fear.*"

12h23

Abrimos o caderno de receitas de Mima e começamos a preparar macarrão com abobrinha. Não é complicado, tudo depende do tempo de cozimento das abobrinhas. Elas precisam ficar ligeiramente firmes por fora e macias por dentro. Agathe se encarrega de cortá-las enquanto eu ralo o parmesão.

– Mamãe ligou – ela diz de repente.

– Ah.

– Ela perguntou se podia passar por aqui. Ela gostaria de ver você.

Esfrego freneticamente o queijo no ralador.

– Você sabe que não quero mais vê-la.

– Eu sei. Mas ela está envelhecendo e não é imortal. Não gostaria que você se arrependesse um dia.

– Eu sabia que você voltaria a falar com ela.

– Nunca consegui realmente cortar relações com a mamãe. Ela é minha mãe.

– Minha também. Detesto o tom acusatório que adivinho em sua voz.

Ela larga a faca (o que me deixa aliviada) e fixa o olhar no meu.

– Sem acusações, Emma. Só penso que, às vezes, precisamos deixar pra lá. Sinceramente, tem gente pior do que ela. Mamãe não é tão terrível assim.

Abro a boca para responder, para lembrá-la das surras monumentais, dos acessos de fúria, dos objetos explodindo contra a parede, das chantagens de suicídio, das recriminações, mas mudo de ideia. Nós vivemos no mesmo apartamento, com a mesma mãe, entretanto Agathe e eu não temos as mesmas lembranças, e era exatamente isso que eu queria. Sempre que podia, eu a isolava em seu quarto, com a música alta o suficiente para abafar os gritos. Infelizmente, ela não escapou incólume. Às vezes, quando era o alvo da raiva de nossa mãe, eu não conseguia desviar a atenção para mim. Porém, em comparação com a minha, sua infância foi um pouco mais suave.

– Faz quanto tempo que você não a vê? – pergunta Agathe.

– Sete anos. A última vez foi no aniversário de 3 anos do meu filho.

– Eu me lembro.

Ela deixa o silêncio passar, durante o qual mergulha as abobrinhas no óleo, e diz:

– Você já levantou a mão para os seus filhos?

– Nunca. Mas isso exige de mim um esforço enorme. Às vezes, a raiva revira meu estômago, meu sangue ferve nas veias. Quando respondem com grosserias, quando preciso repetir algo três vezes ou quando estamos atrasados. Acabo gritando. Se eu deixasse meu instinto tomar conta, acho que poderia bater neles. Mas luto contra isso. Não quero que meus filhos tremam na minha frente como nós fazíamos diante de mamãe. Não quero ser como ela. Eu a culpo por essa herança, que me obriga a estar no controle para não ceder aos meus impulsos. Eu a culpo por ter nos traumatizado.

Agathe remexe as rodelas de abobrinha na frigideira.

– Não quero ter filhos – ela diz.

– Ah, é? Mas... nunca?

Ela ri:

– Quando chegar aos 90, pensarei no caso. Antes disso, não.

– Mas por quê?

– Vou responder porque você é minha irmã, mas preciso confessar: acho um saco ter de me justificar. As mulheres não podem dizer que não querem ter filhos sem ter de explicar essa escolha. Não necessariamente preciso de um motivo! Eu só não quero. Não me interessa. Nunca fiquei encantada com um bebê, nunca sonhei em ter uma família grande, esse tipo de coisa. Além disso, pra ser sincera, não tenho certeza se quero trazer alguém para este mundo. Quero dizer, com o clima, as guerras, a violência, a pobreza, os vírus e tudo mais, se eu tivesse tido escolha, acho que não teria passado minha cabeça pelo buraco. E, acima de tudo, não sou como você. Quando minha raiva sobe, por mais que eu tente, não consigo me conter. Eu não seria uma boa mãe. Mas, se você aceitar, posso ser uma boa tia.

Fico um pouco atordoada com essas confissões. Eu nunca tinha me perguntado isso, para mim era óbvio que Agathe teria filhos. Esse padrão está tão arraigado em minha mente que nunca o questionei, como se o destino de todo ser humano fosse se reproduzir. Encho uma panela com água e a coloco no fogo:

– Aceito, mas você precisa me prometer uma coisa.

– O quê?

– Nunca conte a eles sobre Rose e Jack.

ONTEM
JULHO DE 2005

AGATHE – 20 ANOS

Saltei num trem para passar minhas curtas férias com Mima. Desde que comecei a estudar, não a vejo muito. Por duas semanas, me empanturrei de Mima e de lasanhas, estou voltando com dois quilos e toneladas de amor a mais.

No trem de volta, com o Senhor Batata a meus pés, acaricio o colar de pérolas que enrolei em volta do pulso, lutando para não chorar. Observo a paisagem que passa rapidamente, tão veloz quanto o tempo. Os dias se sucedem, viram meses, anos. A vida passa a toda velocidade, dizemos o tempo todo que precisamos agarrar o tempo, mas é ele que nos leva embora. O tempo de agora se tornou ontem. Durante a infância eu ouvia sempre "Como ela cresceu, passa tão rápido". Aos meus ouvidos, era uma frase comum, uma frase de adulto, com a única função de preencher o silêncio. Passa tão rápido. Ela soa diferente agora que a sinto. Eu gostaria de congelar o tempo. Continuar sendo "a pequena". Manter Mima na minha vida. Dividir o sofá-cama com Emma para sempre. Se eu pudesse fazer isso sem ter de empalhá-las, seria ótimo.

Emma me avisou que estaria na casa de Alex quando eu voltasse, mas eu a encontro no apartamento. Vou abraçá-la e percebo que ela está chorando.

– O que aconteceu, Emma?

– Ele me deixou.

Ela me explica que isso aconteceu havia três dias. Ela não me disse nada para não estragar minhas férias.

– Ele disse que somos jovens demais para sermos um casal de velhos. Ele precisa de ar, para não sufocar.

– Demorou para ele entender isso.

A frase saiu rápido demais. Emma não para de chorar.

– Não tem chance de vocês se acertarem?

Ela assoa o nariz na manga:

– Não, ele parece muito seguro. Perguntei se ainda me amava, ele não respondeu.

– Que idiota.

– Não sei como vou superar. Eu o amo tanto... Preciso pegar minhas coisas na casa dele, mas não tenho coragem.

– Eu vou com você, vamos.

– Agora?

– Agora.

Errei na última vez em que ela terminou um relacionamento. Inventei que minha amiga Sonia precisava ser consolada, mas na verdade eu entrei em pânico, nunca a tinha visto tão frágil. Emma sempre foi a forte de nós duas, aquela que tem as situações sob controle e que toma decisões. Eu me senti sobrecarregada por sua tristeza, preferi fugir a ver minha fortaleza desmoronar. Pretendo me redimir.

Alex não está em casa, Emma tem a chave. Entro com ela. Enquanto recolhe as poucas coisas que deixou lá, visito o apartamento. Pequeno, iluminado, bagunçado (restos de hambúrguer e batatas frias em cima da mesa) (não há nada mais nojento que batata frita velha). Fotos de minha irmã com Alex estão penduradas na parede. Em uma delas, Emma olha para a câmera, vejo em seu olhar que está feliz. É uma pena, eu realmente gostava dele.

Ouço minha irmã chorando no banheiro. Preciso distraí-la.

Ao abrir a porta, com os olhos vermelhos, ela descobre minha obra. Não sei se me saí bem, parece meio criancice, mas pelo menos eu a fiz rir. Com a caneta preta que sempre carrego na bolsa, escrevi na parede – em letras muito grandes – o primeiro xingamento que me veio à mente:

SEU GRANDE BATATA FRÍGIDA.

ONTEM

OUTUBRO DE 2005

EMMA – 25 ANOS

Agathe mudou todos os móveis de lugar de novo. É a terceira vez este ano. Por mais que eu explique que não gosto de mudanças, é mais forte que ela. Tá certo, passo duas noites por semana no Alex, mas aqui também é minha casa.

"Olha só, agora podemos ver o céu do sofá-cama!", ela diz para me convencer.

Eu me deito ao lado dela, as estrelas brilham acima de nossas cabeças.

– Viu só? É maravilhoso!

– Concordo com você, Agathe, só que agora não podemos abrir a porta do banheiro.

– Você é tão detalhista.

Desisto, ela vai mudar tudo de novo quando estiver apertada para ir ao banheiro.

Tento ignorar as desvantagens da convivência, pensando que um dia vou olhar para essa época com nostalgia. Na maioria das vezes, nos damos bem. Rimos muito, fazemos maratonas noturnas de filmes, cuidamos uma da outra. Eu tenho muitos defeitos, admito de bom grado. Mas a Agathe é exaustiva. Sinto como se estivesse em uma montanha-russa. Ela oscila entre extremos, não conhece o meio-termo. Ela bota para fora todas as emoções, e os que convivem com ela precisam lidar com isso. Temos de acompanhá-la nos altos e baixos. Recentemente, vem se dedicando a uma nova fantasia: escrever uma história em quadrinhos. Ela põe todo seu tempo livre nisso, gastou todo o dinheiro que tinha e parte do meu em cadernos, canetas e guias. Agathe sempre consegue me contagiar com seu entusiasmo, então eu a incentivo e a ouço falar por horas, mas, no fundo, temo que sua paixão acabe evaporando, como aconteceu com Jean-Paul Gaultier, as tatuagens e a aquarela.

Alguém bate à porta.

– Eu atendo! – Agathe se lança em direção à entrada.

Nossa mãe está parada na porta.

– Olá, minhas pequenas. Desculpem chegar sem aviso, mas não suporto mais viver sem vocês. Se não quiserem me ver, posso ir embora.

Agathe me olha em busca de uma reação. Não esboço nenhuma. Não vemos nossa mãe desde que saímos do apartamento dela. Ela passou dois anos sem tentar nos contatar e agora está aqui, como se nada tivesse acontecido, à espera de que a recebamos de braços abertos.

– Como você descobriu nosso endereço?

Minha voz sai mais áspera do que eu gostaria. Agathe a deixa entrar, Senhor Batata faz festa para ela. Mamãe se abaixa para acariciá-lo.

– Sua irmã me deu o endereço.

Agathe evita o meu olhar.

O perfume de patchouli de minha mãe preenche a quitinete. Meu estômago dá um nó. Ela está de cabelo curto, suas mãos tremem um pouco. Eu queria estar com raiva o suficiente para expulsá-la, para não sentir sua angústia. Mas, na verdade, me sinto mal por vê-la tão vulnerável. Assim que ela para de prestar atenção no cachorro para não ter que encarar as filhas e se levanta, me atiro em seus braços.

HOJE
9 DE AGOSTO

AGATHE

15h17

Ela está tirando uma soneca. Ao que tudo indica, a massagem que recebeu foi bem relaxante. A minha revelou partes do meu corpo que eu não conhecia e que de bom grado teria continuado ignorando. Tento encontrar uma posição confortável para cochilar na poltrona, mas a campainha toca. Emma se levanta de repente, com os olhos cheios de sono.

– Hein? O quê?

Eu começo a rir.

– Pode deixar que eu atendo, você está toda mole.

Vou abrir a porta enquanto ela se recompõe. Um homem está parado atrás do portão. Ele tem os cabelos brancos e segura um gato nos braços.

– Robert Redford!

Convido-o a entrar. Ele empurra o portão e caminha em minha direção. O gato nem olha para mim. Se ele pudesse fisicamente desenroscar a própria cabeça para me mostrar seu desinteresse, faria isso.

– Eu vi os cartazes – diz o homem. – Vocês parecem estar atrás dele.

– Sim, é o gato da minha avó.

– Eu sei. Nós éramos amigos.

As palavras da sra. Garcia, a vizinha, me vêm à mente. Ela tinha falado de um vizinho que era próximo de Mima. A forma como ele fala sobre Mima me faz simpatizar com ele na mesma hora. Eu o convido a entrar. Emma está completamente acordada agora, mas o mesmo não pode ser dito sobre seu cabelo.

– Ele era amigo de Mima – digo para minha irmã. – Como é seu nome?

– Georges Rochefort. Moro no número 14 aqui da rua.

Emma lhe oferece um café, que ele aceita. Suspeito que ela, como eu, esteja ansiosa para ouvir esse homem falar de nossa avó. E assim fazê-la viver por meio de suas palavras.

Com o gato no colo, Georges Rochefort mergulha meio torrão de açúcar em seu café.

– O senhor conhecia Mima há muito tempo? – pergunta Emma.

– Há vinte anos.

Escondo minha surpresa. Nunca ouvi falar dele antes.

– Vocês se conheciam bem?

Ele sorri.

– Éramos bons amigos, sim.

De repente, uma lembrança atravessa minha mente. No funeral de Mima, um homem me parecera particularmente emocionado. Não me demorei em sua figura, sufocada que estava pela minha própria tristeza, porém aquilo tinha me comovido. Eu não era a única a chorar alto. Ele estava usando um chapéu, mas acho que é a mesma pessoa.

– Vim perguntar se posso ficar com o Robert Redford – diz Georges, acariciando o gato, que não se moveu do colo dele. – Estávamos indo para o mercado de Quintaou quando encontramos esse gato, ferido por um...

– Vocês estavam juntos? – me surpreendo.

A história do resgate de Robert Redford contada por Mima ganha uma nova personagem.

– Sempre íamos ao mercado juntos.

Minha irmã me lança um olhar significativo. Não consigo acreditar.

– Tínhamos o que se pode chamar de guarda compartilhada – brinca o homem. – O gato ia e vinha entre nossas casas. Ele passava o dia na minha casa e, à noite, voltava para a da sua avó. Quando ela foi hospitalizada, ele ficou comigo uma noite, depois outra. Eu disse a ela por telefone. Ela resmungou, com medo de que ele a abandonasse. Prometi que ele voltaria para cá assim que ela tivesse alta.

Ele para, desvia o olhar. Sua tristeza é palpável. Emma forma um discreto coração com os dedos. Eu nego com a cabeça. Mima não estava em um relacionamento, eu teria sabido.

– Pode ficar com o gato – ela responde. – Vamos retirar os cartazes.

– É bom que ele fique com o senhor – acrescento. – Só tenho uma perguntinha, Georges. Vocês se viam com frequência?

Seu olhar se ilumina, ele abre um sorriso sincero.

– Com o máximo de frequência que podíamos, sim. Gostávamos de estar juntos... Sinto muita falta dela.

O senhor abaixa a cabeça, parece hesitar, depois inspira profundamente.

– Eu queria pedir outra coisa a vocês. É um pouco delicado, mas tenho certeza de que vão entender.

ONTEM

JULHO DE 2006

EMMA - 26 ANOS

Damos uma última volta na quitinete e fechamos a porta pela última vez.

– Foi muito bom morar com você – sussurra Agathe.

Eu a abraço. Ela é a única pessoa com quem sei fazer isso.

Consegui meu diploma, ela também. Em setembro, vou para o Instituto Universitário de Formação de Professores realizar meu sonho de me tornar professora. Ela vai morar com Mima, há uma possibilidade de trabalhar em um residencial de idosos.

O carro está abarrotado. Alex nos ajudou, ele é ótimo em Tetris. Na volta, vou morar com ele. Eu o fiz penar antes de aceitar. Queria ter certeza de que não teria mais dúvidas depois daquele momento de fraqueza. Alex voltou rapidinho; ainda estava com medo, mas percebeu que não queria viver sem mim.

– Tomem cuidado na estrada – ele diz, batendo a porta.

– Não se preocupe com a gente, Batata Frígida! – responde Agathe.

No carro, ouvimos a RTL. É muito fácil determinar o momento exato em que entramos na vida adulta: é quando passamos das rádios musicais para as rádios de notícias.

Chegamos à noite. Mima nos recebe com uma omelete de batatas, que devoramos como se não comêssemos há meses. Adiamos a arrumação das caixas de Agathe para o dia seguinte, preferimos jogar uma partida de damas chinesas, que Mima vence, fiel à tradição, pois ela manipula as regras e não ousamos dizer que notamos. Depois cada uma vai para o seu quarto. Fico com o antigo quarto de meu pai, como sempre, e Agathe se instala no quarto de tio Jean-Yves.

Estou quase dormindo quando a porta se abre e sinto minha irmã subir em minha cama.

ONTEM

DEZEMBRO DE 2006

AGATHE – 21 ANOS

Dezembro é o meu mês preferido aqui. Os turistas se foram, as rochas, o céu e o oceano se confundem e, acima de tudo: o Natal está próximo. Todo ano, espero pelas decorações como uma criança e saio correndo pelas lojas em busca dos presentes perfeitos para aqueles que amo. Encontrei um cachecol lindo para Mima. Ela teve a tireoide removida no mês passado e não sai mais de casa sem um acessório para cobrir o pescoço.

No ambiente aquecido de um café, com os olhos fixos nas luzes da rua, saboreio a mousse de chocolate que divido com Joachim.

– Está incrivelmente gostosa – eu digo.

– Gostosa é você.

Devo estar apaixonada para aceitar essa frase grosseira.

Estava complicado entre nós. Por muito tempo ele foi o vizinho legal de cabelo oleoso, aquele que eu procurava quando Lucas não estava disponível para surfar, mas de quem esquecia no resto do tempo. Com o passar dos anos, nós nos tornamos amigos, no entanto nunca passaria pela minha cabeça me apaixonar por ele.

E então, nesse verão, bum, paixão avassaladora. A revelação. Ele voltou a morar com os pais depois de ter levado um pé na bunda e foi como se, de repente, eu o visse. Por sorte, ele também me viu, e aparentemente já fazia algum tempo. Quando o beijei, ele disse "Até que enfim!".

Mantivemos nosso relacionamento em segredo por um período. Só contei à Mima, porque não consigo esconder nada dela. A sra. Garcia, mãe de Joachim, não é exatamente minha fã. Ele contou para mim que me apelidou de "a atrevidinha", só porque não uso roupas de velha como ela. Parece saída das páginas para a terceira idade do catálogo 3 Suisses, entendo por que fica desconcertada. Quando Lucas ficou sabendo, teve a mesma reação que Joachim: "Até que enfim!". Parece que fui a última a saber que eu era a principal interessada.

Deixamos o café e voltamos para minha scooter *atrevida (ela é cor-de-rosa fluorescente). No caminho, compro castanhas assadas e queimo a língua porque não consigo esperar que esfriem.*

– Quer um beijo mágico? – Joachim ri.

Eu não recuso, ele me beija, eu estremeço, subimos na scooter *e ignoro os semáforos para chegar logo e pular em cima dele.*

É meu relacionamento mais longo. Faremos seis meses mês que vem. Sei que ele é a pessoa certa, e dessa vez nem mesmo Emma me contradiz. Ela percebeu que é diferente.

Ele foi o primeiro para quem encontrei um presente. De Natal, vou lhe dar uma vida comigo.

HOJE
9 DE AGOSTO

EMMA

15h45

Georges Rochefort está nos esperando embaixo da escada. Seu pedido não é tão delicado quanto havia anunciado: o amigo de vovó veio buscar um quadro pintado por um artista espanhol para Mima e para ele cerca de quinze anos atrás. Nada mais legítimo, afinal.

– É estranho que ela não o tenha pendurado! – comenta Agathe.

– É um quadro um tanto peculiar – responde Georges. – Difícil de combinar com a decoração.

Agathe e eu nem sabíamos que a casa tinha um sótão. Georges nos mostrou o alçapão que leva até ele (na lavanderia, bem acima do aquecedor de água) e o local onde ficava a escada (na garagem). Fiel à sua coragem, Agathe me deixa subir primeiro.

– Vi um filme em que um cara morou em um sótão por anos sem que a proprietária percebesse – ela diz. – Se enxergar alguém, grite "Perigo!" e vou entender.

– Tem certeza de que vai entender? Isso não é muito claro como mensagem.

Empurro o alçapão, ele resiste.

– Ele provavelmente não é aberto há um bom tempo – digo.

– Reconfortante – Agathe comenta. – Se houver um invasor, ele deve estar morto.

Acho que ouço Georges rir. O alçapão finalmente cede e eu subo para o sótão.

– Pode vir, Agathe!

– Tem certeza? Ninguém à vista?

– O homem que está apontando uma arma para a minha cabeça me mandou dizer que não tem ninguém aqui.

– Rá, rá, muito engraçado... Você está brincando, certo?

Ela se junta a mim. Uma pequena claraboia deixa a luz entrar. O sótão abrange toda a área da casa, que não é imensa, e, para minha grande surpresa, está bem arrumado. O chão está coberto de carpete, as paredes com revestimento. Há prateleiras repletas de objetos variados: pratos, livros, roupas dobradas, torradeira, sapatos, batedeira elétrica, almofadas, jarra, objetos de porcelana, lençóis, cortinas, enfeites de Natal, guirlandas, espelho, perfumes em miniatura. Reconheço a enciclopédia em vinte e dois volumes na qual o vovô encontrava resposta a todas as perguntas que fazíamos, o barbeador elétrico que ele usava toda manhã na frente do espelho do banheiro, suas pantufas.

– Venha ver – diz Agathe diante de um baú aberto.

Entendemos sem precisar vasculhar. As coisas de papai estão todas guardadas aqui. Seus cadernos escolares, um trem de madeira, seu relógio, suas camisas xadrez, seu perfume. *Scorpio*. Eu comprei para ele como presente em um Dia dos Pais, minha mãe me ajudou a escolhê-lo porque era barato, vendido no supermercado. Ele o havia guardado e o usava em ocasiões especiais. Agathe pega o frasco vermelho e pressiona o borrifador. O aroma penetra em minhas narinas e traz meu pai de volta. Por um momento, ele está aqui, na minha frente, com seus ombros largos, seu bigode, seu sorriso, sua voz. A mão de Agathe segura a minha.

Também encontramos meu Speak & Spell e a Luciole de Agathe. Nossa vitrolinha está ao lado de um Popples de pelúcia.

Em seu caderno de poemas, Mima costumava escrever sobre a passagem do tempo. Um deles, escrito no ano em que nasci, está impresso em minha memória.

Lá é onde meu pai vive agora
E também aonde mamãe chegou naquela hora
Lá deixei os risos dos meus pequenos
E lá ficaram meus anos de outros tempos
Nossa primeira dança lá desapareceu
Já não os vejo mais, tudo esvaneceu
Se ao menos eu pudesse, por um instante
Parar o tempo e recuperar o Ontem.

Não é um sótão, é um mausoléu. Mima conservava o passado aqui.

– Conseguiram achar? – pergunta Georges.

– Eu tinha esquecido – murmura Agathe.

– Ainda não! – respondo. – Você lembra onde o guardou?

– Do lado direito. Perto de um barril, se não me engano.

Agathe me mostra o barril feito por vovô, no fundo do sótão. Avançamos curvando as costas, o teto é inclinado. O quadro está mesmo ali, encostado na parede. Eu o pego e o viro.

– Oh, meu Deus! – exclamo.

– Nada mau – diz Agathe, cobrindo os olhos.

Georges não mentiu, é mesmo uma pintura peculiar. Um retrato dele e de Mima, na verdade. Sorridentes, bem penteados e completamente nus.

21h32

Ele atende ao primeiro toque.

– Oi, meu amor.

– Oi, minha querida. Como você está?

– Bem. Estou com saudade.

– Fico feliz em ouvir isso.

– Fico feliz em sentir isso.

Silêncio.

– Você está chateado comigo?

– Não é fácil, não vou negar. Senti que você estava distante nos últimos tempos.

– Desculpa.

– Não se preocupe, eu entendo. Com tudo o que aconteceu, você tem o direito de estar confusa.

– Provavelmente. Mas você também.

Adivinho em sua voz que ele está com a garganta apertada.

– Vamos dizer que estamos quites. Lembra do início da nossa história? Fui eu quem precisou de espaço.

– É verdade. Espero que, quando voltar, eu não encontre uma inscrição na parede.

Ele ri.

– Prometo. Deixo esse privilégio para sua irmã. Como está indo com ela?

– Bem. Muito bem, até. É bom revê-la.

– Fico feliz por você.

– Como estão as crianças?

– Chegam exaustas do centro de recreação, estão se divertindo. Estão ansiosas por sua volta. Alice está fazendo muitos desenhos para você, não teremos paredes suficientes para pendurar todos.

Dou risada:

– Não jogue nada fora!

– Ah, eu não me atreveria! Sei que você vai guardar todos, até os que são um simples risco.

Solto outra risada. Ele me conhece bem demais.

– Sabe, na outra noite, percebi que vamos fazer vinte anos juntos, você se deu conta? Passamos quase mais tempo juntos do que separados.

Ele tosse, como sempre faz quando fica emocionado. Sinto a tristeza me invadir, uma onda imensa. A represa está prestes a ceder, preciso dar meia-volta.

– Vou desligar, meu amor. Agathe está me esperando para uma partida de damas chinesas.

– Devagar no chá de camomila.

– Prefiro *shot* de melissa. Eu sei, sou meio punk.

– Te amo, minha punk.

– Também te amo.

– Emma?

– Sim?

– Você conseguiu?

– Ainda não. Em breve.

ONTEM
OUTUBRO DE 2007

AGATHE - 22 ANOS

O Senhor Batata morreu. Ele me esperou, tenho certeza. Ele não estava bem quando saí para o trabalho. Estava se arrastando durante o passeio da manhã, embora sempre trotasse de uma árvore para outra, cheirando e abanando o rabo como se fosse um filhote. Esqueci que estava velho. Quando voltei para casa, ele foi direto para o armário para ganhar o petisco diário e depois foi se deitar em sua caminha, aos pés de Mima, que estava lendo na poltrona.

Eu tinha acabado de voltar do almoço quando ela me ligou para dizer que ele estava mal. Senhor Batata não conseguia mais se levantar e estava respirando bem rápido. Entrei no modo automático, pulei na minha scooter *e dirigi correndo para casa. Ele deu o último suspiro em meus braços.*

Estou devastada.

Em minha mente, as imagens dos últimos três anos passam como um slide show.

Chamamos os animais de companheiros por um motivo. Senhor Batata era uma extensão de mim, o som de suas patas no chão me seguia por toda parte, ele sentia minhas emoções, às vezes antes mesmo de eu percebê-las. Quando eu estava triste, ele encostava a cabeça na minha coxa, e o amor que lia em seus olhos, esse amor incondicional e sem julgamento que apenas os animais podem oferecer, me consolava um pouco. Eu não sabia que era possível amar mais um animal do que pessoas. Ele está aqui, nos meus braços, ainda quente, mas já se foi. Desta vez, não vai me consolar. Sinto um arrepio.

Mima me abraça. Ela contém sua tristeza, deixa todo o espaço para a minha. No entanto, sei que ela também amava a companhia do Senhor Batata. Durante o dia, era com ela que ele ficava. Ela tinha tricotado um suéter para ele usar nos dias frios e, apesar da minha proibição, costumava colocar sobras de comida na tigela dele.

Não sei como vou viver sem meu cãozinho.

Ligo para Emma, preciso conversar com ela, como sempre faço quando estou mal. Cai na caixa postal, ela deve estar trabalhando. Deixo uma mensagem.

Ficamos ali por um tempo, talvez uma hora, sem saber direito o que fazer. Um pouco atordoadas.

– Você quer levá-lo para o veterinário? – sugere Mima. – Acho que ele pode cuidar dos próximos passos.

Ela não diz a palavra. Cremação. É o tipo de palavra que dizemos em voz baixa ou que sugerimos com reticência.

– Podemos enterrá-lo no jardim?

Um soluço me tira o fôlego.

– O Senhor Batata pode descansar perto das hortênsias – responde Mima.

Abro um sorriso. Ela brigava com o Senhor Batata para que ele parasse de fazer xixi nas hortênsias dela.

Mima me ensina que é preciso colocar cal no buraco antes de fechá-lo. Saio para comprar o produto, fazendo-a prometer que não vai começar a cavar. Quando chego à scooter *na calçada, vejo o carro de Joachim estacionado na frente da casa dele. Pensei que estivesse no trabalho, não quis incomodá-lo, mas, se ele está aqui, seus braços estão aqui, seus lábios estão aqui, sua voz está aqui, Joachim vai me abraçar com força, e isso vai tornar a encaixar todas as minhas partes despedaçadas.*

Abro o portão, os pais dele estão trabalhando a essa hora, então não corro o risco de ser mordida pela sra. Garcia. Bato na porta, ninguém responde. Dou a volta na casa, olho pelas janelas. Meu rosto está coberto de lágrimas. Nunca precisei tanto dele. É no quarto dele que o encontro. Nossos olhares se cruzam através do vidro. Não sei o que ele lê no meu, mas decifro perfeitamente o dele. "Merda, acabo de ser pego transando com uma mulher que não é a minha."

ONTEM

OUTUBRO DE 2007

EMMA - 27 ANOS

Há duas mensagens na minha caixa postal quando saio da piscina.

Não as ouço imediatamente, primeiro ligo para a professora da turma em que estou fazendo meu estágio e depois para Alex.

– Vou voltar um pouco mais tarde, querido. Preciso fazer umas compras. Está precisando de alguma coisa?

– Ah, sim! – ele responde. – Acabou meu iogurte, você pode pegar?

– Baunilha, certo?

– Isso mesmo. Até logo, querida. Foi bom de manhã...

Não sequei meu cabelo, está pingando nas minhas costas. O clima está bom para final de outubro, mas estou tremendo.

Compro tudo o que anotei na minha lista. Primeiro os itens secos, depois os frescos, por último os congelados. Estou no caixa quando percebo que não peguei café. Por um momento, penso em agir como se não tivesse pensado nisso; se eu sair dali, vou perder meu lugar na fila, está cheio de gente, quero ir para casa. Mas sei quanto Alex gosta de café. Saio da fila e empurro o carrinho até o corredor dos matinais.

Estou com dois pacotes na mão quando meu celular toca. Não lembro qual ele prefere, forte ou suave. Coloco o suave de volta e atendo.

É Mima. Preciso que ela repita várias vezes, não entendo uma palavra do que está dizendo. Parece estar chorando. Ela respira fundo e consegue articular:

"Querida, sua irmã está no hospital. Ela fez uma besteira."

O pacote de café forte cai aos meus pés.

HOJE

11 DE AGOSTO

EMMA

7h52

Nenhuma onda. O oceano está adormecido, liso como um lago. Corto a água em câmera lenta, tentando não criar a menor ondulação. Ela está límpida: submersa até os ombros, posso ver meus pés. Meus dedos afundam na areia. A praia está deserta, mas, ao longe, perto do Rochedo da Virgem, avisto um nadador matinal. Tiro os pés do chão e começo a nadar de peito. A água desliza por meu corpo, mergulho a cabeça, volto a subir, inspiro. Avanço em direção ao alto-mar sem olhar para trás. Toda terça-feira de manhã, na piscina pública, vou e volto várias vezes. Chego assim que ela abre, na hora que está vazia, e, braçada após braçada, solto minhas dores e ansiedades. Tinha me esquecido a que ponto o oceano, suas ondulações, sua imensidão, seu mistério, seu gosto salgado, talvez seu perigo, faziam com que eu me sentisse completamente viva.

Acabo de passar pela rocha furada quando uma câibra na panturrilha me imobiliza. Estendo a perna, alongo o pé, contudo a dor persiste, não consigo nadar. O pânico me invade, fico sem fôlego, procuro uma solução ao meu redor. Na praia, o homem das gaivotas acabou de chegar. Às vezes imagino minha morte, mas acabar como alimento para peixes e pássaros nunca foi uma opção. Me viro de costas, estico meu corpo e o deixo flutuar. Fecho os olhos e me concentro na respiração, na sensação da água fresca sobre a pele. Pouco a pouco, todo o meu corpo relaxa. Posso sentir isso gradualmente, centímetro a centímetro. Primeiro os dedos dos pés, as pernas se tornam mais leves, o suave vaivém em minhas mãos, o carinho do sol no meu rosto, minhas costas se soltam, minha respiração desacelera, meus pensamentos se aquietam, o silêncio em meus ouvidos. Mergulhada na natureza, em estado de suspensão, cada célula do meu corpo à escuta, eu me sinto viva. Parte de um todo maior, que estava aqui antes de mim e continuará depois. Efêmera e eterna. Uma lágrima escapa por entre meus cílios e escorre por minha bochecha antes de se juntar ao oceano.

8h12

Volto à praia sem pressa, tomando todo meu tempo.

Idealizei esta semana. Nos dias que a antecederam, para combater meus medos, convenci a mim mesma de que ela seria perfeita. Não está sendo. Está ainda melhor. Cheia de imperfeições, silêncios tranquilos, risadas barulhentas. Esta semana está sendo a nossa cara, e ela voltou a nos juntar. Reencontro Agathe, mas não exatamente onde a havia deixado. Ela continua fiel a si mesma, intensa e excessiva, porém a sinto mais segura, como saída de um espesso nevoeiro. Por cinco anos, cada uma viveu em primeira pessoa. Por um instante, saímos de nosso caminho para seguir estradas paralelas. Esse desvio de cinco anos acabou nos reunindo. Poderíamos ter mudado, não nos reconhecido, ou não mudado nada e não suportar mais uma à outra, mas levamos menos de um minuto para voltar a caminhar lado a lado. Existe entre nós algo mais poderoso do que todas as discussões, mais resistente do que todas as diferenças. Essa sensação me invade agora, e eu me sinto fortalecida.

Um vento suave se levanta quando saio da água. Corro até as minhas coisas para me enrolar na toalha. O homem das gaivotas, com os dois pés enterrados na areia molhada, atira comida na água. Eu o saúdo com um aceno de cabeça.

– Suma daqui, cara de bunda! – ele responde.

Enquanto me seco, me pergunto por que esse homem rejeita tão agressivamente as relações humanas. Talvez ele esteja tão infeliz que tente se proteger. Ou talvez só tenha tido decepções com as pessoas que conheceu. Eu gostaria de lhe mostrar que nem todo mundo quer seu mal, que é possível ser educado e amigável sem esperar nada em troca, sem tentar ferir o outro. Coloco meu vestido e me aproximo dele, convencida de que basta abordá-lo com delicadeza, encontrar as palavras certas.

– Senhor, admiro a forma como alimenta as gaivotas todas as manhãs.

Ele não desvia o olhar do horizonte e continua jogando punhados de comida para as aves. De perto, percebo que são camarões e peixinhos bem pequenos. Nenhum indício demonstra que ele me ouviu. Insisto:

– O senhor faz isso há muito tempo?

Ele vira a cabeça devagar para mim e me encara. As gaivotas voam ao nosso redor, gritando. Seus olhos são de um azul quase transparente e sua pele é anormalmente lisa. Eu sorrio e repito minha pergunta:

– O senhor faz isso há muito tempo?

Ele mergulha a mão na bolsa, enche-a de crustáceos e os atira no meu rosto:

– Você é burra de nascença ou faz aula particular à noite?

ONTEM
DEZEMBRO DE 2007

EMMA – 27 ANOS

Amanhã é Natal e ganhei meu presente adiantado: Agathe está saindo da clínica.

Os médicos cuidaram bem dela. Disseram que está sofrendo de depressão e transtorno de ansiedade. Passaram um tratamento e ela vai começar uma terapia.

Agathe jurou para mim que não queria mais morrer.

Demorou. Quando ela acordou, depois de sua "besteira", lamentou não ter conseguido.

Escrever com caneta na parede, isso é uma besteira. Quebrar um copo, isso é uma besteira. Cortar a franja, isso é uma besteira. Mas engolir duas caixas de ansiolíticos, isso se chama tentativa de suicídio.

Mima nunca conseguiu pronunciar essa palavra, ela prefere mascará-la. Encontrou Agathe inerte na cama, achou que estivesse morta, precisou deixá-la sozinha, caminhar até o telefone para chamar os bombeiros, esperar minutos intermináveis, ver o caminhão chegando, os homens entrando em sua casa, tentando acordar sua neta, levando-a sem saber se a veria novamente, ela precisou seguir o caminhão em seu carro, parar nos sinais, não ultrapassar os semáforos vermelhos, precisou encontrar um lugar no estacionamento lotado, sentar-se na cadeira de plástico, olhar para o relógio na parede branca, afastar os pensamentos pessimistas, dar um pulo toda vez que a porta se abria, negociar silenciosamente com Deus, perceber que não tinha tirado as pantufas, ela precisou ouvir um médico lhe dizer que tivera de fazer uma lavagem estomacal, que Agathe estava fora de perigo, que teria de ir para uma clínica. Mima deve ter se perguntado mil vezes por que ela fez isso. Se poderia ter feito alguma coisa para impedi-la. Então, se quer chamar isso de besteira, eu certamente não vou contradizê-la.

Agathe me espera em seu quarto. Alguém precisava buscá-la, eles não a deixariam sair sozinha. Sua mochila está pronta, e já vestiu o casaco. Ela pula em meus braços. Eu não a via desde que ela tinha entrado na clínica. Agathe me ligava todos os dias, mas preferia não receber visitas. Enfio meu rosto em seus cachos, sob o cheiro da clínica, o cheiro de minha irmãzinha. Prometi a mim mesma que não choraria, para não estragar esse momento de alegria, mas o dique se rompe, senti tanto medo. Nunca senti tanto pavor em toda a minha vida, na verdade. Contemplei a possibilidade de perdê-la, vislumbrei os contornos de um mundo sem ela. E essa perspectiva era sufocante. Não ouso imaginar como seria viver essa realidade.

Não faço nenhuma pergunta, embora centenas habitem minha mente desde seu ato. A única coisa que importa é que ela está aqui. De pé. Viva.

Estou ansiosa para saber suas razões, para saber se já havia pensado nisso, se foi um impulso. Se ela não suportava mais viver ou se queria morrer. Se queria escapar do sofrimento ou da vida. A diferença é imensa. Não consigo parar de pensar no tamanho do desespero dela para querer acabar com tudo. A dor que sinto ao imaginar seu desespero chega a ser física. Não sei se o fato de termos compartilhado o mesmo útero nos confere o poder de sentir as emoções uma da outra, mas uma coisa é certa: existe um elo tão inexplicável quanto intangível entre irmãos e irmãs, o mesmo que nos permite nos entendermos com um olhar, nos perdoarmos em um segundo, como uma ponte onde viajam os sentimentos, um vínculo que dilacera nossas entranhas quando o outro sofre e nos arrebata quando está feliz.

Coloco a mochila de Agathe nas costas, ela olha para o quarto uma última vez, eu seguro sua mão e a trago de volta à vida.

ONTEM
DEZEMBRO DE 2007

AGATHE – 22 ANOS

Eu sabia que um dia cruzaria com ele. Bem na hora em que estou saindo para comprar cigarros, ele chega à casa dos pais.

– Feliz Natal, Agathe.

– Infeliz Natal, babaca.

– Tentei ligar pra você. Por que não atendeu?

– Não tenho nada a lhe dizer.

– Eu sinto muito. Não é o que você pensa. Não sinto nada por ela. Foi um acidente.

– Ah. Foi isso que você disse na declaração de inocência? Que sem querer ela escorregou e caiu no seu pau?

– Pare com esse cinismo, não significou nada! É você que eu amo. Ela me provocou por semanas, qualquer homem teria cedido. Ela sabia que eu estava em um relacionamento, isso a excitava.

– Oh, meu amor! Que bruxa horrível! Ela forçou você... A propósito, ela deve ter ficado surpresa. Você tem uma tendência a bancar a britadeira, ela deve ter pensado que você estava procurando petróleo.

Ele revira os olhos.

– Que baixaria.

– Você é o experiente nessa área.

– Ouse me dizer que não me ama mais.

– Amo aquele que eu pensava conhecer. Não o covarde que está na minha frente.

– Dê uma chance para nós dois. Não seja tão categórica. Vários casais sobrevivem a um pequeno deslize.

Ele se ajoelha.

– Agathe, você quer se casar comigo?

– Levante-se, Joachim. Sua dignidade está afundando.

Ele se levanta.

– Eu pensei que você fosse madura o suficiente para superarmos isso juntos...

– VOCÊ escolheu se envolver com outra pessoa, eu não fiz parte do projeto, então não vamos superar nada juntos.

– Foi por isso que procurei em outro lugar. Você é dura, Agathe, há um muro entre você e o resto do mundo. Fiz de tudo para quebrá-lo, mas você não deixa ninguém entrar.

– Está bem, Joachim, preciso ir.

– Viu só, você está fugindo. Como sempre.

Eu me afasto em direção à scooter. *Ele me alcança:*

– E não me faça acreditar que você fez o que fez por minha causa. Não vou me sentir culpado por sua internação. Você teria agido assim de qualquer maneira. Nós dois sabemos que é mais profundo do que isso.

– Tá bom, cara. Boa sorte.

– Só mais uma coisa: vou me mudar na semana que vem, consegui um apartamento. Você deveria estar feliz, não nos veremos mais. Até lá, pode dizer à sua irmã para parar de riscar o meu carro? Eu a vi fazendo isso, ela não é nada discreta.

Dou meia-volta, atravesso o jardim, abro a porta, encontro Emma na sala e lhe dou um abraço.

HOJE
11 DE AGOSTO

AGATHE

9h03

Acordo ao primeiro toque do despertador. Quero desfrutar ao máximo nossos dois últimos dias. Abro as persianas, o sol aproveita para tranquilamente queimar meus olhos. Não gosto do calor. Também não gosto do frio, mas ele tem uma vantagem considerável: podemos nos cobrir, sobrepor suéteres, jaquetas e cachecóis para esquecê-lo. Quando está muito quente, o máximo que se pode fazer é tirar a roupa, o que nem sempre é aceitável. Resultado: me arrasto, suada. Para meu grande desespero, meu suor não é como o das propagandas, uma leve umidade que pode ser disfarçada com um desodorante com perfume de baunilha. Não, meu suor pode descolar o papel de parede. Eu gostaria de viver eternamente no outono ou na primavera (ou ter um termostato interno).

Desço as escadas, a casa está silenciosa. Emma deve ter ido nadar. Preparo o café e tosto duas fatias de pão de forma, pego a manteiga (com verdadeiros cristais de sal) e a geleia de morango. Quando era pequena, Mima costumava preparar para o meu café da manhã uma receita que só eu gostava. Ela batia gemas de ovo e açúcar de confeiteiro em banho-maria até a mistura ficar levemente espumosa. Ela me disse que era uma versão sem álcool de uma receita italiana, o zabaione, que normalmente acompanhava bolos ou frutas. Eu costumava devorar tudo de colherinha e depois ainda lambia a tigela.

Estou arrumando tudo em uma bandeja quando ouço um barulho no jardim. Olho pela janela: um homem está parado perto do balanço. Ele olha para a casa. Agindo por puro instinto, me atiro no chão e fico de bruços. Sempre é assim, o medo comanda meu corpo sem passar pelo cérebro. Ouço meu coração batendo nos meus ouvidos e meu tremor chega à magnitude 7 da escala Richter. O alarme está desativado e meu celular ficou no quarto. Preciso chegar lá em cima, mas antes tenho de encontrar uma arma. Nunca dirão que Agathe Delorme capitulou sem lutar. Agarro a primeira coisa que encontro. Acabo com uma faca de manteiga na mão, minha sorte claramente ficou no andar de cima junto com meu telefone, porém não tenho tempo para procurar algo melhor. Ouço o homem se aproximar. Rastejo até as escadas. Na minha cabeça, sou o Rambo; na realidade, sou um elefante-marinho. Chego ao pé da escada e ouço vozes. Uma mulher está falando com ele. Não tenho a menor chance contra dois agressores. Me agacho e me preparo para subir quando uma cabeça aparece contra o vidro fosco da porta de entrada.

– AAAAAAAAAAAAAAA!

– Tem alguém aí? – pergunta a voz.

– NÃO! – eu grito.

– Poderia abrir a porta, por favor? Nós somos os novos proprietários.

– Exijo provas!

Ouço a mulher rindo. O homem tenta me convencer:

– Encontramos o anúncio pela agência imobiliária dos 5 Cantões, o vendedor da propriedade se chama Jean-Yves Delorme, assinamos o contrato com o tabelião Etcheverry.

Abro a porta, segurando a faca de manteiga na mão. Eles são jovens, na casa dos 30 anos. A mulher estende a mão para mim:

– Marie Louillet, prazer em conhecê-la.

– Michaël Louillet – diz o marido dela, apertando minha mão em seguida. – Sentimos muito, pensamos que não haveria ninguém na casa. Só queremos tirar algumas medidas do jardim, para a piscina. Não queremos cometer nenhum erro, pois existem limites a serem respeitados segundo o plano diretor, caso contrário o departamento de Urbanismo pode mandar demolir tudo. Você alugou para as férias?

– Sou neta da proprietária. Enfim, da antiga proprietária. Agathe Delorme.

– Oh, sinto muito – diz a mulher. – Perdi minha avó recentemente, sei como é difícil. Não queremos incomodar, mas, já que você está aqui, poderíamos tirar algumas medidas do interior? Só receberemos as chaves no fim do mês e eu gostaria de começar a comprar alguns móveis.

Abro a porta toda para que possam entrar. Nenhuma palavra sai de minha boca. Estou atordoada, brutalmente puxada de volta à realidade que tenho tentado ignorar.

A mulher coloca a mão em meu ombro ao passar. O gesto traz lágrimas aos meus olhos. Gestos de reconforto sempre me fazem chorar mais do que a própria tristeza.

Eu os observo de longe. Com uma fita métrica, eles medem o comprimento da parede da sala, a altura acima da pia. Fragmentos de frases chegam até mim: "Não é uma parede estrutural, podemos derrubá-la", "Vai ficar muito mais espaçoso sem o aparador", "Acho que o móvel da TV poderia ficar aqui". Eu me refugio na cozinha e olho para as torradas que já não parecem apetitosas.

– Agathe?

Emma acaba de entrar. Explico aquela situação em poucas palavras.

– Eles estão lá em cima, se você quiser vê-los.

– Você vem comigo? – ela pergunta.

– Não estou muito a fim.

– Pois deveria. Aproveite para vestir algo.

Baixo o olhar e percebo com horror que estou de calcinha. Ela ri tanto que me contagia. Sigo-a até o andar de cima e, enquanto minha irmã se apresenta, coloco um vestido.

Quando me junto a eles, o casal está medindo o armário do quarto de vovô e Mima. Sobre a mesa de cabeceira, uma foto de meus avós nos observa.

– É o meu cômodo preferido – diz Marie Louillet. – É muito iluminado e os Pirineus aparecem ao longe. Este será o quarto de nosso filho.

Ela acaricia a barriga:

– Vocês são as primeiras pessoas a saber, ainda não contamos a ninguém.

– Vamos ser felizes aqui – acrescenta o marido, abraçando-a.

Eles são fofos, mas vão acabar me deixando enjoada.

– Imagino que sejam apegadas a esta casa – ela diz. – Quando fui à casa de minha avó pela última vez, agradeci a cada cômodo pelos bons momentos que passei lá. Sinceramente, acho que me ajudou a me despedir. Talvez ajude vocês...

– Vamos ver – respondo. – Ainda não chegamos lá, temos mais dois dias.

Ela assente com a cabeça e eles voltam às suas medidas.

10h14

Emma fecha a porta. Eles acabaram de sair.

– Uma nova família vai crescer aqui – ela diz. – Gostei deles. Tenho certeza de que vão ser felizes nesta casa.

Concordo com a cabeça para não deixá-la sem resposta, mas a vida já me provou várias vezes que pode ser imprevisível. Imagino Mima e vovô, sessenta anos atrás, medindo os cômodos para colocar seus móveis. Eles tinham 20 anos e a certeza de que seriam felizes. E foram na maior parte do tempo, embora tenham enfrentado a pior das tristezas.

Meu café está frio, passo um novo.

– Sabe o que deveríamos fazer? – pergunta Emma.

– Ainda não.

– Empacotar algumas coisas de Mima e doá-las a uma associação beneficente.

– Você esqueceu que nosso querido tio chamou uma empresa para esvaziar a casa.

– De jeito nenhum. Meu plano tem três objetivos: fazer uma boa ação, dar uma segunda vida às coisas de Mima e irritar o tio Gengiva.

– Você está ficando pior do que eu. Adoro.

11h30

Enchemos três sacolas grandes. Cada peça de roupa evocava uma lembrança. O vestido azul-celeste que Mima usou no casamento de Emma. O cardigã creme de minha volta da clínica. A calça jeans que a fiz comprar. A blusa azul-marinho que usava o tempo todo. Imaginá-las em pessoas que precisam delas me reconforta um pouco. Sempre tive um apego exagerado às coisas. Como se fossem dotadas de sentimentos, sofro quando são abandonadas. Aos 6 anos, deixei cair pela janela do carro um bonequinho que tinha ganhado em uma embalagem de sabão em pó. Ele não tinha valor nenhum, e eu nem gostava tanto assim dele, mas imaginá-lo sozinho na rua, entre carros passando, correndo o risco de ser esmagado a qualquer momento, me fez ficar acordada a noite toda. Aos 15 anos, o elástico que prendia meu cabelo durante uma aula de surfe caiu e desapareceu no oceano. Chorei por horas. Aos 20 anos, senti pena de uma ervilha que ficou sozinha no fundo da lata e a coloquei na panela onde sua família a estava esperando. Aos 30 anos, restavam duas escovas de dentes na farmácia onde fui comprá-las. Escolhi primeiro a rosa, no entanto a coloquei de volta e peguei a verde, até que percebi que seria desumano abandonar a primeira depois de lhe dar falsas esperanças. As duas, é claro, acabaram na minha pia. Se meu caso já é interessante quando se trata de objetos triviais, ele se torna fascinante quando passamos a itens com valor sentimental. Os que ganhei de pessoas que amo, os que pertenceram aos meus entes queridos, os que me trazem lembranças de um bom momento.

Se eu pudesse, ficaria com todas as coisas de Mima. Ficaria com a casa e a colocaria sob uma redoma, para que guardasse seu cheiro, sua voz e nossas lembranças. Mas é impossível.

Nunca mais passarei por esta rua ou por este portão.

– Deveríamos escolher o que queremos levar.

– Como o quê? – pergunta minha irmã, claramente tão comovida quanto eu por essa imersão no passado.

– Como a caixa de joias está vazia, imagino que Jean-Yves e sua família já tenham pegado o que queriam. O resto vai desaparecer. Nós também temos o direito às nossas lembranças.

Ela pensa por alguns segundos, tenho certeza de que está se perguntando se não é ilegal, se alguém pode nos acusar por isso.

– Tem razão – acaba dizendo.

12h54

Não pegamos muita coisa.

O caderno de receitas.

O caderno de poesias.

O perfume de papai.

O gravador de vovô.

Álbuns de fotos.

A Luciole.

O Popples.

O relógio de papai.

A vitrolinha.

A blusa azul-marinho.

O suporte de papel higiênico. Foi vovô quem o fez, de madeira. Quando puxávamos o rolo, ele mal fazia barulho. Sempre pegávamos mais papel do que o necessário quando éramos pequenas, então, sistematicamente, Mima gritava atrás da porta: "Devagar com o papel!". Acabou virando uma brincadeira. Ele vai ficar no meu banheiro e, toda vez que eu usá-lo, ouvirei a voz de Mima.

ONTEM

ABRIL DE 2008

AGATHE – 23 ANOS

Na outra noite, Mima e eu deparamos com um programa que acompanhava várias pessoas apaixonadas por confeitaria. Este é nosso pequeno ritual: depois da refeição, nos acomodamos em frente à TV. Damos preferência a programas que nos permitam fazer comentários mordazes, o que nos faz rir muito. Vou sentir falta dessas noites quando eu tiver minha própria casa. Mima diz que posso ficar o quanto quiser, mas em algum momento vou ter de alçar voo. Eu não lhe disse, porém já visitei um apartamento em Bayonne. Era pequeno e a única janela dava para a escada comum, então preferi deixar passar.

Eu olhava fixamente para a tela, fascinada pelas sobremesas incríveis que aquelas pessoas estavam fazendo. Na única vez que tentei fazer um bolo ele ficou parecendo um bololô de massa.

– Parece fácil – disse Mima.

– Fiquei com vontade de tentar – respondi.

No dia seguinte, comprei uma dúzia de livros para aprender as bases da confeitaria. Me imaginei na cozinha, com um avental amarrado na cintura, mergulhando as mãos na massa, derretendo chocolate, fazendo glacês, decorações de pasta americana. Listei o equipamento que precisava adquirir. Ficou um tanto caro, principalmente porque o forno de Mima não era ideal e eu tinha visto o forno perfeito, com convecção e um sistema de limpeza por pirólise. Consultei minha conta bancária, que me disse "de jeito nenhum", então liguei para uma financeira que anunciava durante os intervalos do jornal na televisão e fiz um empréstimo.

O forno acabou de ser entregue. Encontrei todas as fôrmas que estava procurando, algumas de silicone. Tenho farinha, açúcar e manteiga suficientes para resistir a uma guerra. Substituí todas as panelas de Mima (ela dizia que era desnecessário, assim como o forno, mas, quando se der conta do resultado, vai admitir que eu estava certa) e investi em uma boa batedeira elétrica e um multiprocessador. Todo o empréstimo foi para isso, e tive de gastar um pouco mais, mas estou muito animada! Vou passar todos os fins de semana e algumas noites depois do trabalho na cozinha preparando bolos deliciosos para nós. Talvez minha paixão um dia se torne algo mais, já que um dos confeiteiros amadores do programa recebe encomendas para eventos. Gosto demais do meu trabalho para abandoná-lo, mas quem sabe eu consiga conciliar os dois!

Estou testando os diferentes modos do forno quando Emma chega. Ela está aproveitando as férias para passar uns dias aqui.

– Oh! Comprou um forno novo, Mima?

Explico meus planos para ela, mostro meus utensílios, meus livros, falo sobre o programa.

– Agathe, posso dar um oi para Mima?

Meu entusiasmo se despedaça.

– Tudo bem, eu só estava feliz em compartilhar minha paixão com você. Se não se interessa...

– Não foi isso que eu disse, Agathe. Só quero largar minhas coisas e dizer oi!

Volto para a cozinha enquanto ela conversa com Mima. Fico chateada. Chateada e magoada. Tenho certeza de que estão falando de mim. Emma se junta a mim alguns minutos depois.

– Vamos, Gagathe, pode me explicar tudo.

– Não, tudo bem.

– Pare com isso! Estou realmente interessada.

– Sei.

– Agathe, está ficando chato. Se não quiser falar comigo, vou voltar para a sala, não vou ficar aqui implorando.

– Claro, você nunca se rebaixaria a tanto comigo.

– O que você quer dizer?

– As toalhas, os panos, tudo isso.

– Mas do que você está falando, droga?

– Você sabe muito bem, sempre foi a melhor de nós duas. Aquela que tem sucesso em tudo que faz, de quem todo mundo gosta e que não causa problemas. Você não vai se rebaixar a tentar me entender!

Emma absorve o golpe:

– Você está sendo injusta, Agathe.

– Viu só, mesmo agora, vai me deixar brigando sozinha! Meus sentimentos não são menos importantes que os seus! Sempre me senti uma merda ao seu lado, não é fácil seguir os passos da irmã perfeita.

– E é culpa minha que você se sinta assim?

Dou de ombros.

Não é culpa dela, provavelmente não é culpa de ninguém. Talvez seja inerente à condição de filha caçula, tomar a mais velha como modelo e nunca se sentir à altura. Talvez seja por conta de nossas diferenças, ao lado mais suave de Emma, que, por contraste, destaca minhas arestas. A verdade é que muitas vezes sinto que tenho de me esforçar mais e falar mais alto para existir.

Emma sai da cozinha e depois volta abruptamente:

– Fique sabendo que eu ia encorajar você, dizer que lhe faria bem começar na confeitaria, mas agora vou dizer o que realmente penso. Você se endividou à toa, bagunçou a cozinha de Mima à toa, porque daqui a três dias vai estar atrás de outra coisa nova.

Não tenho tempo de responder, Mima aparece.

– Meninas, não comecem! Parem um pouco de implicar uma com a outra, vocês acabaram de se reencontrar. Vamos lá, um beijo.

Ela sempre fazia isso quando éramos pequenas e brigávamos. Ela nos obrigava a nos reconciliarmos e a trocarmos um beijo. Sabemos que é inútil resistir, ela sempre acaba ganhando. Então, cada uma dá um passo à frente, e, uma de cada vez, beijamos a outra e sussurramos um insulto.

ONTEM
MAIO DE 2008

EMMA – 28 ANOS

Quando o sinal toca para o recreio, Chloé pede para falar comigo. Eu espero que todos os alunos saiam, Matteo fica para trás, suspeito que queira ouvir. Chego à porta, ele se mantém a alguns centímetros dali, com a cabeça virada para a sala.

– Você quer que a gente fale alto, Matteo? Para você poder ouvir.

– Ah, não, senhora! Não ligo para o que vão falar, estou esperando o Dario.

Fecho a porta, Chloé parece constrangida. Conheço sua situação familiar. Pais divorciados, ela mora com o pai e o irmão de 8 anos.

– Não pude fazer a apresentação – ela me diz.

– Ah? Você teve algum problema?

Ela se contorce:

– Não exatamente; bem, meu pai está trabalhando muito esta semana...

– E isso a impediu de fazer suas tarefas?

Ela abaixa a cabeça e começa a contemplar os sapatos.

– Chloé, você pode me contar tudo, você sabe.

– Preciso cuidar do meu irmão.

Ela disse isso num sussurro quase inaudível. Já não ousa me olhar.

– Eu tenho que pôr ele para tomar banho, acompanhar as tarefas escolares; preparo a comida e o coloco para dormir. Léo não escuta direito, não é fácil.

– Como assim? Você só tem 10 anos! A que horas seu pai chega em casa?

Minha reação a surpreendeu, preciso ser menos enfática.

– Não sei, já estou dormindo quando ele chega. Mas logo vai acabar, só mais três dias!

– Chloé, posso fazer uma pergunta?

Ela assente com a cabeça.

– Por que vocês não vão morar com a sua mãe?

– Bem que eu gostaria de fazer isso! Mas o Léo não quer nem ouvir falar. Ele não quer ir lá desde que ela saiu da prisão.

– Eu não sabia. Sinto muito... E você não quer ir sozinha?

– De jeito nenhum que eu vou abandonar o meu irmãozinho!

– Eu entendo, Chloé, mas você não pode se sacrificar pelos outros.

– Prô, tente entender. Ele é meu irmão, é assim que é.

Ela se levanta e pega a mochila. Coloco minha mão em seu antebraço:

– Eu entendo mais do que você pensa.

HOJE
11 DE AGOSTO

EMMA

16h25

Eu estava curiosa para saber mais sobre o trabalho da Agathe, então ela me convidou para ir até lá. Em sua *scooter*, seguimos por um caminho que leva a um grande edifício de pedra. Ao fundo, entre as árvores, avisto o oceano.

– Incrível!

– Venha ver a vista – diz Agathe.

Eu a sigo até o final de um pequeno parque arborizado e descubro que estamos no topo de um penhasco com vista para o oceano e para o sul da costa basca até a Espanha.

– Trabalho aqui há três anos e não me canso dessa vista – ela murmura.

– Você não quis mais trabalhar com adolescentes?

– Estava ficando muito difícil. Faltam recursos, nós nos sentimos inúteis. Por mais que os acompanhemos, muitos deles acabam mal. É deprimente, eu precisava de uma mudança.

– Então você pensou: "E se eu fosse trabalhar com pessoas que já estão com um pé na cova?".

Ela começa a rir:

– Confesso que fiquei um pouco apreensiva, mas gosto muito daqui. Me apeguei a eles.

Nós vamos até a entrada. Acima da porta, letras de metal indicam:

Casa de repouso Les Tamaris

Uma senhora está sentada em um banco, à sombra de um carvalho.

– Louise, está quente, a senhora não quer entrar?

– Oh! Agathe! Não a vi. Você não deveria estar de férias?

– Estou apenas visitando, vim mostrar meu dia a dia para a minha irmã.

– Muito prazer, senhora – eu digo com uma leve inclinação de cabeça.

– Bom dia, senhorita. Saiba que sua irmã é um tesouro! Ela me faz rir bastante, e isso é tudo de que preciso na minha idade.

Agathe passa o braço sob o de Louise e a acompanha até o prédio. Seu passo naturalmente se harmoniza ao dela, sua energia natural se volta para sua protegida. Eu a descubro atenciosa e delicada.

Ela me mostra seu escritório, depois uma sala cheia de coisas: instrumentos musicais, utensílios de confeitaria (reconheço as fôrmas de silicone que ela comprou quando era mais jovem), tecidos, livros, jogos de tabuleiro.

– Este é o centro de atividades – ela me diz. – Aqui, todas as manhãs, organizamos oficinas para os residentes que sofrem de distúrbios cognitivos ou comportamentais. É importante estimulá-los e manter o vínculo social. É incrível, há coisas que nunca desaparecem, é isso que tentamos encontrar. Jean, por exemplo. Ele é jovem, tem apenas 69 anos, mas o Alzheimer já roubou muitas de suas memórias e habilidades. Ele quase não fala, não sabe mais como funciona uma televisão, precisa de ajuda para comer, mas, quando eu trago palavras cruzadas e dou as definições, imediatamente me dá a resposta. Suas filhas me disseram que ele adorava palavras cruzadas, Jean as fez a vida toda. Bom, isso permaneceu. Incrível, não?

Eu a ouço, fascinada e comovida. Ela parece empolgada.

– Vamos, está na hora do lanche, eles devem estar todos na sala comum.

Percorremos alguns corredores, cruzamos com vários residentes. Agathe para toda vez para trocar algumas palavras. Ela empurra duas portas de vaivém e chegamos a uma grande sala onde umas cinquenta pessoas estão sentadas à mesa. Louise, a senhora que vimos do lado de fora, nos faz um breve sinal com a mão. Vamos até ela. A seu lado, um homem nos encara, os olhos brilhando.

– Emma, este é Gustave – ela diz. – Ele é meu marido.

– Olá, senhor. Muito prazer, meu nome é Emma, sou irmã da Agathe.

– Olá, como vai, Lise? – ele responde.

– Meu nome é Em-ma – eu repito, articulando melhor.

– Esqueça, essa é a piada preferida dele – diz Agathe, soltando uma gargalhada.

Colegas vêm cumprimentá-la, um homem chamado Greg, uma certa Marine. Residentes também, vários acenam para ela de longe ou se levantam para vir a seu encontro.

No fundo da sala, sozinho em uma mesa, percebo um homem de costas. Os cabelos brancos caindo sobre os ombros me lembram de alguém. Quando vira o rosto, não tenho mais dúvidas: é o homem das gaivotas.

Quando saímos, pergunto a Agathe sobre ele.

– Ah, ele? É o Léon, um terror. Ele passa metade do tempo pensando em como incomodar as pessoas e a outra metade colocando suas ideias em prática. No começo, pensei que tinha algum distúrbio, mas os médicos são categóricos, a cabeça dele está em boas condições. É da natureza dele, simplesmente é um chato.

– Sabia que eu o encontro todas as manhãs?

– Sério? Onde?

– Você vai ver. Amanhã, levo você comigo.

Subimos na *scooter*, ela liga o motor e deixamos a Casa de Repouso Les Tamaris. Se me perguntarem, direi que foi o vento que fez meus olhos lacrimejarem, mas, na verdade, foi o espetáculo de minha irmã enfim encontrando seu lugar.

ONTEM
SETEMBRO DE 2009

AGATHE – 24 ANOS

É a primeira vez que uso salto alto, me arrependo logo nos primeiros passos. Não sei quem inventou esse instrumento de tortura, mas o que mais me surpreende é que tenham permitido. Eu me motivei repetindo para mim mesma que ficaria bonita, com as pernas torneadas e o caminhar elegante. Vou ter que verificar, no entanto, não tenho certeza se "elegante" significa "andar como um pato que acabou de cruzar com um caçador". Minha mãe caminha a meu lado, com a cara fechada.

Alex já está no pátio da prefeitura, cercado por seus pais e amigos. Jean-Yves e Geneviève também estão lá, Jérôme e Laurent não devem demorar. Ao todo, umas cinquenta pessoas estão reunidas para celebrar o casamento de Emma e Alex.

Meu futuro cunhado vem nos cumprimentar.

– Oi, Batata Frígida.

– Oi, cunhada. Sogra.

Ele nos abraça, percebo que seus lábios estão tremendo.

– Está nervoso?

– Um pouco. É a primeira vez que faço isso.

– E a última. Caso contrário, vou ter que quebrar sua cara.

– Só por isso, vou ficar com ela até o fim dos meus dias.

Ele me olha com seriedade:

– E você, nervosa?

– Um pouco. Também é a primeira vez que faço isso.

– Você vai fazê-la feliz, não vai? – intervém minha mãe com um tom que me assusta um pouco.

– Prometo que vou fazer o meu melhor.

– Muito bem. A vida nem sempre foi fácil para ela, sabe. Nem para mim, aliás. Não tive muita sorte, preciso dizer que não comecei com as cartas certas.

Ela tira um lenço da bolsa e enxuga os olhos. Embora me irrite, coloco a mão em seu ombro.

– Está tudo bem, mãe. É um dia feliz.

– Ah, eu sei disso! Mesmo que não tenha sido eu a escolhida para levá-la até o noivo.

O prefeito nos convida a entrar e nos salva de um monólogo vitimista. Me posiciono perto do noivo, ao lado da outra testemunha de minha irmã: sua melhor amiga Margaux. As cadeiras estão dispostas dos dois lados do corredor central e, em todas elas, há um arranjo de flores brancas.

Emma entra ao som de "I'm Kissing You" de Des'ree, a música do filme Romeu + Julieta. *Perdi a conta de quantas vezes assistimos a esse filme, hipnotizadas com a beleza de Leonardo DiCaprio e chorando no fim todas as lágrimas do nosso corpo. Ainda bem que eu tinha lido a peça na escola, caso contrário minha irmã teria estragado de novo o final para mim.*

Enfim vejo seu vestido. Apesar de minhas tentativas, ela não quis estragar a surpresa. Emma provavelmente esperava provocar o máximo de emoção com sua entrada. E conseguiu. Meu rosto está provocando uma inundação.

De braço dado com Emma, Mima está deslumbrante em seu vestido azul-celeste. Seus olhos brilham, suas mãos tremem. Margaux segura minha mão.

A cerimônia é rápida, mas emocionante. Eles se devoram com os olhos, o "sim" que cada um profere está cheio de amor. Eles se encontraram, em meio a toda essa multidão.

Na saída da prefeitura, depois das pétalas de rosa e das bolhas de sabão, depois dos abraços e dos cumprimentos, me atiro nos braços de minha irmã mais velha, que agora oficialmente não é mais uma Delorme.

ONTEM

DEZEMBRO DE 2009

EMMA – 29 ANOS

Faço xixi no frasco e mergulho o bastãozinho nele.
Coloco o teste em cima do papel higiênico.
Me obrigo a não olhar por cinco minutos.

Estamos tentando há seis meses, tenho certeza de que agora vai.
Elevei as pernas depois de cada relação.
Dizem que a posição papai e mamãe é a ideal.
Margaux engravidou logo no primeiro mês.
Precisamos fazer uma lista de nomes.
Vi que um casal deu o nome Boghosse a seu bebê.
E outro Clitorine. Espero que o pai a encontre.
UM MINUTO
Estou realmente sentindo que deu certo.
Eu li que deveríamos procurar ajuda depois de um ano de tentativas.
Espero que não cheguemos a isso.
E se eu der uma olhada rápida?
Não, vou ficar desapontada.
Se for uma menina, escolheremos Agathe como segundo nome.
DOIS MINUTOS
Nunca senti tanta dor nos seios.
Isso só pode ser um bom sinal.
Esperar um mês inteiro é tão demorado...
Mês passado, acreditei mesmo que daria certo.
Me pergunto a quem vou contar primeiro.

Talvez Agathe.
Talvez Mima.
Direi a Alex quando ele voltar para casa à noite.
TRÊS MINUTOS
Comprei sapatinhos de bebê para contar pra ele.
Ele vai ficar tão feliz.
Vamos ter que nos mudar, o apartamento ficaria pequeno.
Espero não ficar enjoada.
Margaux vomitou até o parto.
Seria bom se nossos filhos não tivessem muita diferença de idade.
QUATRO MINUTOS
Falta pouco.
Preciso trocar de relógio, este está muito lento.
Sacha.
É bonito, Sacha.
Serve tanto para menina quanto para menino.
Mal posso esperar para me tornar mãe.
Espero ser melhor do que a minha.
Meus seios estão realmente doendo muito.
Acho que estou sentindo enjoo.
Três.
Dois.
Um.
CINCO MINUTOS

Inspiro profundamente, pego o bastãozinho e observo. Uma linha. Verifico o manual de instruções, que já li, mas ainda espero que desta vez ele me mostre o contrário.

A sentença aparece em letras maiúsculas, irrevogável.

Jogo o teste e minha decepção na lixeira, lavo as mãos, aperto o pedal da lixeira de novo, ela se abre, verifico o teste pela última vez e guardo os sapatinhos de bebê.

HOJE

11 DE AGOSTO

EMMA

20h

Passamos na frente do cinema e vimos que estava passando *Titanic* em 3D. Para o 25º aniversário do filme, ele está sendo relançado nos cinemas. Claro que não podíamos perder essa oportunidade.

A sala está quase vazia. Aparentemente, as pessoas perceberam que Jack e Rose estão por perto e por isso não vão aparecer. Isso me fascina. De minha parte, se por acaso eu passar pelo filme na TV enquanto estou zapeando, não importa a hora, não importa minha agenda, me sinto obrigada a assistir até o fim.

– Pelo menos desta vez você não pode me dar *spoiler* – diz Agathe colocando os óculos 3D.

– Vou ouvir você falar isso pelo resto da vida.

– Com certeza. Como espera que eu supere esse trauma?

O filme começa. Logo nos primeiros segundos, a música me envolve. Do canto do olho, vejo Agathe me observando.

– Apostei comigo mesma que você choraria antes dos dez minutos – ela sussurra. – Mas você bateu o recorde!

Não sei por que esse filme me afeta tanto. Na primeira vez que o vi, eu tinha 17 anos, e nunca nada me emocionou tanto. Eu estava namorando com Loïc, e me lembro de ter considerado terminar com ele porque, de repente, nosso romance parecia opaco quando comparado ao de Rose e Jack. Além disso, havia todas aquelas vidas perdidas, a tragédia vivida como se estivéssemos lá. Curiosamente, mesmo tendo perdido meu pai, foi esse filme que me ensinou que tudo pode mudar de uma hora para outra. Para a mulher em formação que eu era na época, *Titanic* não foi apenas um filme, mas uma incitação a saborear as pequenas felicidades, a escrever minha própria vida, a aproveitar. Com o tempo, essas ideias se desgastam e se tornam banais, piegas até, ou ao menos ingênuas. No entanto, ao refletir, não vejo nada mais importante que isso. Ter uma boa jornada. Chegar ao destino sem arrependimentos. Perceber que estamos aqui, agora, reconhecer as pequenas alegrias, não se preocupar com o resto.

Estou convencida de que esse filme influenciou minha trajetória. Esse é o poder das obras de arte, elas podem mudar vidas.

20h43

Algumas poltronas à nossa frente, um sujeito está fazendo muito barulho ao mastigar. Coitado, ele não sabe o risco que corre. Agathe não suporta esse tipo de barulho; se fizerem isso durante o *Titanic*, ela é capaz de tudo.

20h47

Ela se inclina na direção dele:

– Com licença, senhor. Está comendo pregos?

Eu me encolho na poltrona.

21h22

Rose e Jack estão na proa, o sol se põe. É a cena do primeiro beijo. Lágrimas brotam nos meus olhos.

– Emma?

– O que foi?

– Jack e Rose estão em um barco. Jack cai na água, o que sobra?

– Para, Agathe. Deixa o pobre do Jack em paz.

21h28

– Você sabe por que o filme tem três horas e catorze minutos de duração? – pergunta Agathe.

Balanço a cabeça.

– Porque esse foi o tempo exato que o navio levou para afundar. Viu, eu sei mais do que você sobre o assunto!

– Deixa isso pra lá, é a cena do desenho.

Nada deve perturbar a cena do desenho. É o momento em que a tensão faz meu coração bater mais rápido, como uma adolescente, quando um pedaço de carvão se torna erótico. Quando o filme foi lançado, todos os meus colegas de escola começaram a desenhar, claramente acreditando que isso lhes daria o charme de Jack Dawson.

21h38

Vi esse filme umas vinte vezes, mas, por alguma razão que me escapa, toda vez que o iceberg aparece e a tripulação tenta evitá-lo, eu torço para que consigam.

A mão de Agathe está crispada no braço da poltrona.

22h17

Minha cena preferida.

Rose pula do bote para voltar ao navio e encontrar Jack. "Se você pula, eu pulo, lembra?"

Coloco minha mão sobre a de Agathe.

23h02

De volta à Rose de 101 anos.

"Agora você sabe que havia um homem chamado Jack Dawson e que ele me salvou, de todas as maneiras que uma pessoa pode ser salva. Eu nem tenho uma foto dele, ele existe agora apenas na minha memória."

Solto um soluço. Essa frase acaba comigo.

23h07

As luzes se acendem, Céline Dion canta, não ouso olhar para Agathe. Estou chorando sem parar há cinquenta minutos, vou ouvi-la falar disso a noite toda.

Me levanto e pego minha bolsa, ela não se mexe. Espero alguns segundos, mas ela permanece sentada.

– Agathe?

Ela levanta a cabeça, então eu vejo. Seu rosto está afogado em lágrimas, seus olhos estão vermelhos, seu nariz escorre, seu queixo treme e sua boca está de cabeça para baixo. Ela tenta manter a pose, esboçar um sorriso, talvez pensando que não vou perceber nada, contudo solto uma risada descontrolada. Ela me olha, perplexa, quase irritada, então eu digo que estou rindo de nós duas, as irmãs que querem que todos saibam que são fortes, mas que se esvaem em choro sempre que alguém morre no final.

– Não, mas eu estou muito bem – ela me diz. – Francamente, não me afetou em nada.

23h35

Saio do cinema no mesmo estado que da primeira vez. Quero devorar a vida. Nos últimos anos, deixei a vida decidir por mim, me vi enterrada na rotina, nas horas que escapavam entre os dedos e perdi de vista a Emma de 17 anos. Me esqueci da vontade dela de aproveitar cada momento.

A *scooter* acelera, fecho os olhos, coloco os braços em volta de minha irmã e deixo o vento quente acariciar meu rosto.

ONTEM

MARÇO DE 2010

AGATHE – 24 ANOS

Convidei onze pessoas. Mima preparou comida suficiente para nos alimentar por três semanas, Lucas trouxe cadeiras para todos se sentarem, Emma, Alex e meus colegas do trabalho trouxeram bebidas, minha amiga Julie fez pequenas pavlovas, *minha amiga Amélie trouxe pão e queijo. Todas as pessoas que importam estão aqui para a festa de inauguração de minha nova casa. Ainda não sei se Diego importa, mas eu o convidei e ele aceitou na hora. Estamos saindo juntos há um mês, gosto bastante dele, porém estou tentando não me empolgar (só escolhi o vestido de noiva e o nome de nossos filhos).*

– A vista daqui é magnífica – diz Mima suavemente.

– Preciso disso para substituir você.

Tenho de ficar em cima da máquina de lavar para vê-lo, mas o oceano está bem ali. Eu trouxe a última caixa ontem, e hoje vou passar minha primeira noite aqui. Não me apressei. Mesmo que esteja a apenas dois quilômetros de distância de Mima, deixá-la me parte o coração.

Desde que assinei o contrato de aluguel, tenho tentado me convencer de que foi uma boa ideia. Mamãe repete que, na minha idade, chegou a hora de viver sozinha, e ela tem razão. No entanto, esta noite, enquanto a música e os risos celebram minha nova vida, um nó doloroso se forma em minha garganta.

– Venha comer um pouco – me diz Mima, como se tivesse percebido. – Fiz folhados de queijo de cabra, você adora.

Abandono minhas divagações e me junto a meus convidados. Nos acomodamos em torno da mesa de centro, alguns no sofá, outros em cadeiras, outros no tapete. As pessoas se apresentam umas às outras, minha irmã conversa com Linda, minha colega, Alex ri com Diego e Lucas, Mima fica feliz de rever Julie e Amélie. Sempre é delicado misturar os mundos, mas às vezes isso resulta em belos universos.

Até dançamos em certo momento. Lucas revira meus CDs e coloca músicas que eu nunca admitiria ouvir, mas que não nos dão escolha senão chacoalhar o corpo.

A noite passa, a alegria dos outros me contagia, eu me torno porosa à felicidade. Minha tristeza eventualmente se dissipa.

Mima começa a ficar cansada, arrumamos a mesa para servir a sobremesa. Julie serve as pavlovas *em pequenos pratos e distribui aos convidados.*

– Está delicioso! – exclama Mima. – O merengue está perfeito, não é fácil de fazer.

– Combina muito bem com o kiwi e as tangerinas – confirma Emma.

– Você me passa a receita? – pergunta Linda.

– Nunca comi nada tão bom – solta Diego.

Julie está nas nuvens. Minha amiga agradece a todos, Diego acrescenta:

– Confesse que passou na confeitaria antes de vir pra cá.

Ela ri:

– Juro que não, passei horas nisso.

– Ah, mas não foram horas desperdiçadas. Se sobrar uma, eu aceito!

– Não estou com fome – responde Lucas. – Quer terminar a minha?

Meu namorado pega o prato e devora a sobremesa. Sinto o nó em minha garganta voltar, está prestes a explodir. Ele está sendo ridículo, elogiando-a como se ela tivesse descoberto a cura para a morte. O que há com todo mundo? É minha festa ou a de Julie?

– Agathe, você precisa aprender a fazer isso! – ele diz, soltando a colher.

– Acho que você tem duas mãos, pode aprender sozinho.

Pelo silêncio repentino, percebo que minha raiva foi ouvida. Consigo sentir o sangue fervendo nas veias. Sou um vulcão prestes a entrar em erupção.

– Por que você está falando assim? – ele pergunta.

– Primeiro, porque não sou sua cozinheira. Se quer comer alguma coisa, faça você mesmo. Não são só as mulheres que cozinham, bem-vindo ao século XXI, meu caro.

– Mas eu nunca disse isso!

– Ainda não terminei, me deixa falar! E, se gosta tanto assim dos bolos da Julie, peça a ela.

– Acha que estou flertando com ela? É uma piada?

– Não foi muito sutil, precisa admitir.

– Não percebi nada – intervém Julie, confusa.

Mima se levanta e coloca a mão em meu ombro.

– Vamos, querida, estamos aqui para nos divertir. Que tal um pouco de tiramisù*? Coloquei na geladeira, vou pegar.*

– Vou nessa – anuncia Diego, dirigindo-se à porta. – Maluca!

– Não precisa partir para o insulto – responde minha irmã.

– Vamos lá, podemos esclarecer as coisas! – diz Lucas. – Tenho certeza de que Diego só quis ser educado.

– Você pode consertar a situação – sussurra Amélie em meu ouvido. – Você foi um pouco dura.

– Sumam daqui.

Todos os olhares estão voltados para mim.

– EU DISSE SUMAM DAQUI!

– Agathe – suspira Mima.

– Todos estão contra mim, aparentemente ele é que está certo. Então sumam com ele.

– Gagathe – tenta Emma.

– Não quero mais ver vocês! A festa acabou!

Vou para o banheiro e tranco a porta. Poucos minutos depois, ouço a porta da frente se fechar. A raiva me consome, não sei o que fazer. Grito para liberar minha fúria. Praguejo, chuto a parede. Mordo a mão com força, as marcas de meus dentes afundam em meu polegar. Eu odeio essa gente. Eu me odeio. Quero morrer.

ONTEM
ABRIL DE 2010

EMMA – 30 ANOS

Pronto, fiz 30 anos. É estranho pensar que tenho a idade que meu pai nunca teve. Por muito tempo, acreditei que morreria aos 29 anos, como ele. Até ontem, vi sinais por toda parte, mas aqui estamos. Sou mais velha do que ele jamais será.

Tomo consciência disso ao atravessar a mesma idade de meus pais quando jovens. Eles tinham 18 anos quando nasci. Mamãe costumava me dizer que foi um acidente, mas que logo decidiram seguir com a gravidez.

Na minha idade, ela tinha duas filhas, de 12 e 7 anos. Sempre os vi como velhos, como adultos, e agora tenho a idade deles. Fico pensando se eram como eu, se eles se perguntavam como é possível habitar um corpo adulto enquanto ainda nos sentimos adolescentes. Frequentemente me sinto sobrecarregada pelas responsabilidades, percebo a minha idade, mas a infância parece tão próxima. Será que também sentiam isso? Será que ainda me sentirei assim quando for mãe?

Se isso acontecer um dia.

Como presente de aniversário, acabo de receber o e-mail que estava esperando desde a transferência do embrião. A fertilização in vitro *não deu certo. Segunda tentativa, segundo fracasso. Alex diz que vamos conseguir, eu gostaria de ter a mesma certeza. Às vezes, tenho vontade de desistir.*

Depois de um ano de tentativas infrutíferas, fomos consultar um médico. Fizemos uma série de exames e a culpa recaiu sobre mim. Sofro de endometriose, tenho lesões nas trompas.

Isso também explica as dores terríveis durante a menstruação, aquelas que nada aliviava, aquelas que minha mãe me acusava de simular. Ela me chamava de "fracota", embora a sensação fosse de que minhas entranhas estivessem sendo rasgadas.

O ginecologista foi honesto: as chances de termos um bebê não são muito grandes. Não aguento mais as injeções, as coletas de sangue, o tratamento, os hormônios, as falsas esperanças, a espera. Não aguento mais não saber se serei mãe algum dia. Todos me dizem que pensar demais cria um bloqueio. Margaux me aconselha a tirar férias, ela diz que uma amiga sua conseguiu engravidar ao deixar tudo de lado. Até Alex me repreende às vezes por transformar isso em uma obsessão.

Me sinto sozinha diante desse vazio. Me torno amarga, invejo minhas amigas cujas barrigas estão crescendo. Não entendo por que não temos o direito a essa felicidade, tão fácil para os outros.

Agathe diz que é normal, que esses sentimentos passarão quando eu segurar meu bebê nos braços. Até isso me irrita. Como ela pode afirmar que vai acontecer, e como sabe o que vou sentir?

Vou acabar sozinha e amargurada.

Meu telefone vibra. É uma mensagem de minha irmã me desejando feliz aniversário pela sétima vez no dia. Imagino que seu objetivo seja me escrever trinta vezes.

Desligo o telefone e vou me deitar.

HOJE
12 DE AGOSTO

AGATHE

0h23

Fomos buscar *kebabs* e batatas fritas. Nós duas nos acomodamos no balanço. As estrelas brilham, ainda está quente apesar da hora. Ao longe, ouvimos gatos brigando.

– Espero que não seja Robert Redford – diz Emma.

– Talvez ele esteja brigando com o irmão. Isso acontece, não quer dizer que não se amem.

Ela me olha, provavelmente se perguntando como tanta sutileza pode residir em uma única pessoa.

– Às vezes, eles não têm escolha – ela responde.

O silêncio se instala, a tensão aumenta, sinto que chegou a hora, que finalmente teremos a conversa que estou esperando. Ela come uma batata frita, depois outra, então começa:

– Eu não quis abandonar você. Passei a vida colocando os outros à frente de mim. Você, em especial. Sufoquei meus desejos, minhas necessidades, debaixo dos seus. Eu não me forçava a fazer isso, era natural, e me deixava feliz. Tentei acompanhar você em suas angústias, estar presente sempre que precisava. Tentei acompanhar suas montanhas-russas, mas em algum momento, não sei, não consegui mais entender você. Tive a sensação de que você não estava fazendo nenhum esforço. Uma raiva cresceu dentro de mim. Eu precisava sumir, cortar os laços. Quando Alex recebeu uma oferta de emprego na Alsácia, não pensei duas vezes. Poderia ter me mudado e continuado a ver você, porém precisava de uma pausa. De uma vida sem surpresas, estável e tranquila. Pensei que duraria algumas semanas, no máximo alguns meses, no entanto cinco anos se passaram num instante. Eu recebia notícias, falava regularmente com Mima, e isso era suficiente para mim. Eu não queria voltar a me envolver. Queria continuar a ser uma espectadora da última fila. Desculpe não ter explicado nada, acho que sentia medo de fraquejar se falasse com você. Eu não quis abandoná-la, eu só quis sumir.

Minha irmã fica um momento em silêncio e me pergunta se estou zangada com ela.

– Por um tempo, sim, fiquei zangada. Primeiro, fiquei preocupada quando Mima me contou que você tinha ido morar na Alsácia. Você costumava me contar tudo, e então, para algo tão importante, silêncio total. Não entendi. Depois, me senti abandonada e fiquei com raiva. Mais do que isso. Fiquei brava como nunca fiquei com ninguém. Demorei para entender. Sabe, até eu teria me deixado, se pudesse.

Ela coloca a mão na minha coxa. Eu continuo:

– De verdade, Emma, eu a entendo. A bipolaridade é difícil para a pessoa afetada, mas também para os que estão ao redor. Eu não trocaria você por nenhuma outra irmã, você foi perfeita.

– Você acha?

– Quer mais elogios? Eu não acho, tenho certeza. Sem você, não sei como teria passado pela infância. Ah, não, você não vai começar a chorar de novo!

Ela enxuga o nariz na manga.

– Você também é a melhor irmã do universo.

– Certo, chega, vamos falar de coisas sérias. Você não vai terminar seu *kebab*?

Ela arregala os olhos e dá uma mordida no sanduíche.

– Pode sonhar. Você é uma irmã incrível, mas não exagere.

2h14

Fazia tempo que eu não tinha uma crise de ansiedade. Não é forte, mas desagradável o bastante para que Morfeu deixe de me dar seu abraço. Em minha cabeça, giram as palavras da Emma, as minhas, os cinco anos perdidos, os desejos de amanhã. Viro para um lado e para o outro por mais de uma hora, faço exercícios de respiração, me concentro em inspirar e expirar, só que nada silencia o barulho na minha cabeça. Conheço apenas uma coisa capaz de me acalmar.

Saio da cama e vou para o quarto onde Emma está dormindo. As venezianas estão abertas como sempre, a lua me ilumina. Me aconchego em sua cama, ela se assusta, eu a tranquilizo, ela resmunga, se afasta para me dar espaço, pousa o braço em mim, e eu adormeço.

ONTEM

SETEMBRO DE 2011

AGATHE – 26 ANOS

– Alô?

– Gagathe, estou grávida!

– O quê? Verdade?

– Sim, meu Deus, não consigo acreditar, mas é verdade! ESTOU GRÁVIDA! Pensei que nunca diria isso!

– Oh, Emma, estou tão feliz por você! Eu sabia que daria certo, era inevitável!

– Você é a primeira pessoa para quem estou contando. Não quero contar a Alex por telefone.

– Você está telefonando do banheiro?

– Não, acabei de receber os resultados do laboratório por e-mail. Mas, se insistir, posso ir ao banheiro.

– ...

– Agathe?

– O quê?

– Você está chorando?

– De jeito nenhum, é você que está!

– Rá-rá-rá! Estou ouvindo, mentirosa!

– Vou ser tia.

– Você vai ser uma ótima tia.

– Prometo que vou. Vou comprar brinquedos barulhentos, ensinar palavrões, levar para a balada, mostrar boa música e assistir a bons filmes, mas não conte comigo para trocar fraldas sujas.

– Não paro de reler o e-mail, para ter certeza de que não estou sonhando. Não quero me empolgar muito. Posso ter um aborto espontâneo.

– Empolgue-se, por favor. Aproveite essa felicidade. Vai dar tudo certo, e em nove meses você será mamãe.

– ...

– Você está chorando?

– Não, é você que está.

ONTEM

DEZEMBRO DE 2011

EMMA – 31 ANOS

– Professora?

A minúscula vida em meu ventre ocupa todo o espaço. Eu acaricio a barriga, falo com ela, dou-lhe apelidos carinhosos. Imagino o que acontece lá dentro, comprei dois livros que me informam dia a dia sobre o tamanho e o desenvolvimento do meu bebê. Ele está do tamanho de um morango e todos os seus órgãos estão no lugar. O ginecologista fez uma ultrassonografia no consultório, não vimos muito, mas ouvimos seu coração bater. Alex chorou.

– Professora?

A primeira ultrassonografia oficial será em duas semanas. Pensei que ficaria tranquila, mas cometi o erro de consultar páginas médicas e aprendi muitas coisas que preferiria não saber. Eu já o amo tanto. Eu não sabia que poderia me preocupar tanto com alguém que ainda não conheço.

– Ei, professora!

Não tenho enjoado muito, sinto um pouco de náusea, porém nada insuportável. Há alguns cheiros que não suporto mais, como o de flores e o de café. Parei de beber café e comecei a tomar chá de ervas. Estou comendo legumes também. Precisei ter um inquilino em meu corpo para começar a cuidar de mim.

– Professora, está fazendo de propósito?

Eu me olho todos os dias no espelho e estou convencida de que minha barriga já cresceu. Alex diz que não, no entanto, eu acho que sim. Mal posso esperar para que todos vejam. Mal posso esperar para sentir o bebê se mexer. Mal posso esperar para tê-lo em meus braços. Mal posso esperar para...

– Professora! Está ouvindo?

Uma mão sacode meu ombro.

– Mathis? O que está fazendo?

– Estamos chamando faz um tempão, mas a senhora está no mundo da lua! Acabamos o exercício, podemos corrigir?

A minúscula vida em meu ventre ocupa todo o espaço que existe.

HOJE

12 DE AGOSTO

EMMA

8h09

Para a última manhã antes da partida, Agathe quis vir nadar comigo. Eu não dormi a noite toda. Senti-a tão tranquila, contra mim, que tive medo de acordá-la. O prazo está se aproximando, preciso falar com ela.

Arrancamos nossas roupas e corremos em direção à água.

– Molhe o pescoço! – grito para Agathe.

– Tá bem, Mima!

Ela me molha ao passar, eu a empurro, minha irmã cai de cabeça, pega um punhado de areia e atira em mim. A dor me dobra ao meio.

– Pare de fingir!

Ela percebe que não estou rindo.

– Está tudo bem?

– Passei mal essa noite, deve ter sido o *kebab*.

– Quer voltar?

– Nem sonhando! A última a chegar na rocha furada faz massagem na outra.

Saltamos as ondas, mergulhamos, nadamos, Agathe me supera logo nos primeiros metros, mas luto até o fim. Chego bem depois dela, sem fôlego.

– Quem teria pensado que um dia eu seria mais atlética do que você? – ela diz, fanfarrona.

– Eu é que não! Você tinha a resistência de um pneu furado, estou impressionada.

Deixo meu corpo flutuar de costas. O mar está agitado e me embala. Aproveito essa sensação, pela última vez, amanhã de manhã não terei tempo de nadar. Meu trem sai no final da manhã e, antes, tenho de deixar o carro na locadora.

Sinto gotas no meu rosto. Abro os olhos, uma nuvem cinza encobre o azul do céu. Lembro de nossa dança na chuva, na outra noite, e decido não fugir dela. Deixo a água escorrer por minha testa, meus lábios, minhas pálpebras, carregando meu corpo; abro os braços, as pernas, os membros relaxam. Me transformo em água. Os dedos de Agathe tocam os meus e depois os seguram, viro a cabeça, ela boia tranquilamente ao meu lado. Eu nos imagino, vistas do céu, flutuando na imensidão azul, sozinhas e juntas, e me sinto incrivelmente sortuda por tê-la.

Ficamos assim por horas, talvez menos, talvez mais. Quando saímos, a chuva havia cessado. O homem das gaivotas está lá.

– Olá, Léon! – diz Agathe.

Ele a encara com o cenho franzido, mas não responde.

– Estou quase desapontada – digo. – Eu teria gostado de um último palavrão antes da minha partida.

– Comigo ele não tem coragem. Com a equipe do asilo, ele é desagradável, mas não ofensivo. Com os outros residentes, entretanto, é um festival de ofensas. Na semana passada, ele disse para a sra. Rainault "Vá se ferrar" e ela ainda não se recuperou.

Não consigo deixar de rir imaginando a cena. Sentamos sobre nossas toalhas de frente para o sol, que sobe a pino.

– Não podemos demorar, tenho uma surpresa para você – anuncia Agathe.

– Ah, droga.

– Ok, obrigada.

– Desconfio de suas surpresas. Lembra-se da vez em que você me levou à pista de patinação? Minha dignidade ainda deve estar em algum lugar por lá.

Ela explode de rir.

Pela última vez, admiro o balé das gaivotas em torno do homem de cabelos brancos, então Agathe decide que é hora de irmos embora.

– Até mais, Léon! – ela diz ao passar por ele.

Ele nem sequer olha para ela.

– Tenha um bom-dia, senhor! – eu digo.

Então, para minha grande alegria, ele tem a cortesia de me responder:

– Vaza, pá de merda!

ONTEM

MAIO DE 2012

AGATHE – 27 ANOS

Pegamos o primeiro trem. Atravessamos a estação correndo. Fizemos pausas para que Mima recuperasse o fôlego. Pegamos um táxi. Xingamos todos os semáforos vermelhos.

Tivemos o direito de esperar em uma pequena sala de espera.

Ouvimos gemidos, pensamos reconhecer a voz.

Alex saiu para tomar ar. "Ainda vai demorar um pouco", ele disse.

Apenas uma pessoa podia entrar. Eu estava morrendo de vontade, mas cedi o lugar a Mima.

Comemos um sanduíche horrível e lemos uma revista de fofocas comprada na lojinha da entrada.

Descobrimos a existência de Mickaël Vendetta e que Lorie parou de cantar.

Ouvimos o choro de um bebê. Sentimos nosso coração disparar. Esperamos. Percebemos que não era ele.

Mima adormeceu com a cabeça apoiada na parede, a boca aberta.

Contei seus roncos.

Vimos duas mulheres entrarem no quarto.

Vimos que elas não saíam.

Ouvimos encorajamentos, gemidos.

Seguramos as mãos uma da outra.

Ouvimos um chorinho suave.

Alex saiu empurrando um bercinho transparente.

Vimos seu narizinho, suas mãozinhas minúsculas, seus cílios compridos.

Conhecemos Sacha.

ONTEM

JULHO DE 2012

EMMA – 32 ANOS

Eu deveria estar feliz.

Por anos, vivi à espera disso. Passei por tratamentos, exames, decepções, pensei que nunca conseguiríamos, que talvez nunca seríamos pais.

Tive uma gravidez maravilhosa, marcada apenas pelo medo de perdê-lo. Amei-o desde o momento em que soube que ele estava dentro de mim. A cada novo ultrassom, meu coração se enchia um pouco mais de amor.

Contei os dias até o nascimento dele, canalizei a impaciência decorando o quartinho.

Eu me imaginava tranquila, realizada, com meu bebê no colo.

Eu deveria estar feliz. No entanto, só sinto vontade de morrer.

Estou exausta.

Meus seios doem.

Choro o tempo todo.

Fico aflita quando ele regurgita, quando não regurgita, quando ele faz cocô duro, quando não faz cocô, quando ele chora, quando não chora, quando ele dorme muito, quando ele não dorme.

Procuro em toda parte a serenidade que vislumbrava em minha mente.

Não passo de uma massa de ansiedade e desespero.

Ouço-o chorar.

Alex voltou ao trabalho.

Agathe aparece na porta entreaberta.

– Descanse, eu cuido dele.

Eu não queria dizer que não estava bem, mas Alex não sabia mais como me ajudar. Agathe encurtou as férias na Espanha para vir ao meu encontro.

Mesmo com ela, não consigo fingir.

É a primeira vez que não a protejo.

No dia seguinte à sua chegada, ela me levou ao médico. Ele falou sobre depressão pós-parto, me prescreveu remédios.

Saí de lá atordoada.

Eu não deveria estar deprimida.

Acabo de ter um bebê, eu deveria estar feliz.

HOJE
12 DE AGOSTO

EMMA

9h34

– Primeira! – exclama Agathe ao chegar à casa de Mima.

Ela sobe as escadas correndo para tomar banho. Normalmente, sou eu que chego primeiro, mas é o último dia, posso deixar que ela vença.

Enquanto espero minha vez e a surpresa que ela preparou para mim, me instalo na poltrona. O sol atravessa a janela e toca minhas coxas. O tique-taque do relógio é a única coisa que perturba o silêncio. Esse som costumava aterrorizar minha irmã quando ela era pequena. Vovô o atenuava com tecido e espuma.

O celular de Agathe toca. Duas vezes. Três vezes. Levanto-me para pegá-lo, pode ser urgente. Na tela, "MAMÃE" aparece em letras maiúsculas. Não me dou tempo para pensar, atendo.

– Oi, mãe.

– Oi, Agathe, você não parece bem, está com uma voz estranha.

– É a Emma.

– O que ela fez agora?

– Não, é a Emma que está falando. Não Agathe.

Um breve silêncio.

– Ah, minha querida! Quanto tempo! Como você está? Agathe me disse que estão juntas, confesso que quis aparecer, mas ela ameaçou nunca mais falar comigo se eu fosse. Já perdi uma filha, não posso perder as duas!

Ela ri alto. Seu constrangimento é contagiante.

– Estou bem. E você?

– Ah, eu vou indo. Não posso reclamar. Mais dois anos até a aposentadoria, estou começando a ter artrite. Mas sua irmã deve ter falado... Enfim, não, como sou boba, vocês não devem falar de mim.

– Quer que eu peça para a Agathe ligar para você? Ela está no chuveiro.

– Sim, por favor. Vocês vão embora amanhã, certo?

– Sim.

– Não posso mesmo ir ver vocês? Estou a quatro horas de distância, posso chegar aí hoje à noite.

– Não, mãe, sinto muito. Prefiro que não.

– Por que você atendeu se não quer falar comigo?

– Porque preciso dizer uma coisa.

– Ah?

Perco a vontade de falar. Lamento ter atendido, deveria ter seguido minha ideia original de nunca mais falar com ela. Mas agora já foi, preciso ir até o fim.

– Você me machucou, mãe. Você nos destruiu.

– Bem, vou...

– Por favor, me ouça. Tenho uma marca de cinto na minha coxa, ela nunca vai desaparecer. Mas é por dentro que tenho mais cicatrizes. Não tenho autoconfiança, sempre me sinto inferior aos outros, dar um telefonema é um suplício, desconfio até mesmo das pessoas que mais amo, *principalmente* das pessoas que mais amo. Tenho insônia, não suporto que alguém se aproxime de mim pelas costas, não gosto de ser surpreendida, dizer "eu te amo" é um esforço, não consigo dormir no escuro, tenho certeza de que sou uma mãe horrível, não suporto o cheiro de patchouli, levo um susto quando uma porta bate, odeio meu reflexo, porque ele lembra o seu.

Do outro lado da linha, ouço sua respiração curta.

Agathe entra na sala, de cabelos molhados. Ela entende na hora e segura minha mão. Coloco no viva-voz para que ouça.

– Isso é uma espécie de vingança? – ela sussurra.

– Por favor, mãe, estou quase terminando. Não estou dizendo tudo isso para magoar você, mas porque preciso.

– Não tenho que ouvir essas besteiras! Você quer me magoar? Eu sei que a machuquei. Que machuquei vocês duas. É fácil reescrever a história, me culpar por tudo, mas não foi nada simples, minha querida. Havia um grande vazio dentro de mim. Tentei melhorar. Você viu que tentei. Hein, Emma, você viu? Você também me culpou por partir, para me tratar, mas eu não tinha escolha. E você não era tão fácil. Sentia o julgamento do seu olhar, mesmo que não dissesse nada. A vida lá fora não é cor-de-rosa, eu queria que entendesse, sua irmã também, eu queria ajudar vocês, ensinar vocês a serem fortes. E olha o que você se tornou, hein? Não falhei completamente.

Agathe aperta minha mão.

– Bem, mãe, eu só queria dizer que a perdoo. Não sinto mais raiva de você. Até consigo encontrar razões para o que fez.

Ela não responde.

– Mãe?

Olho para a tela, ela desligou.

Agathe me abraça:

– Parabéns. Estou orgulhosa. Sou incapaz de fazer isso. Talvez porque tenha menos lembranças ruins, graças a você. Sei que ela nunca vai mudar, mas não consigo cortar a relação. – Ela se levanta. – Me lembre de nunca contrariar você. Caramba, garota, você é afiada!

ONTEM
AGOSTO DE 2013

AGATHE – 28 ANOS

Acabei de perceber que faz uma semana que não boto o nariz para fora. Desde que larguei o emprego, não preciso mais sair, então fico em casa. Mima tentou me fazer mudar de ideia, ela tinha certeza de que eu estava cometendo um erro, que aquele trabalho era perfeito para mim. Era o que eu pensava, no começo. Mas tudo se evaporou. Nos últimos tempos, eu ia com relutância, às vezes nem conseguia acordar de manhã. Vou encontrar outra coisa.

Deveria ao menos tomar um banho. Outro dia, David percebeu que eu não tinha usado o chuveiro, então agora deixo a água correr um pouco todos os dias, despejo sabonete líquido no piso do boxe e me enxáguo rapidamente com a toalha. Meu cabelo está sujo, porém, só de pensar em lavar, desembaraçar, passar condicionador e enxaguar, já me sinto cansada.

Ele está começando a me irritar, de todo modo. Fiquei feliz quando se mudou para cá, contudo, se é para me vigiar, não vai dar certo. Não faz muito tempo, ele voltou ao meio-dia e ficou duas horas, queria almoçar comigo. Azar o dele: eu estava dormindo. Ele ficou chateado, chocado com a ideia de que eu pudesse acordar tão tarde. Se isso é vida de casal, prefiro meu vibrador.

Lucas insiste que eu vá surfar, mas não quero. Mima insiste que eu coma, mas não quero. Só quero que me deixem em paz. Fecho as persianas e, entre duas sonecas, assisto à televisão. Qualquer coisa, desde que não fale de guerra, insegurança, desemprego, pobreza, poluição, política, assédio, corrupção, doenças, mortes, acidentes ou violência. Tudo me deprime, tudo me assusta, não consigo mais enxergar as cores.

Para que serve tudo isso?

A vida é tão vã.

Emma me bombardeia de mensagens, tenho preguiça de responder. Até o menor gesto é um esforço insuperável.

Minhas horas estão vazias, assim como minha existência. Só quero dormir.

Tomar um sonífero. E apenas dormir.

ONTEM
NOVEMBRO DE 2013

EMMA – 33 ANOS

– Você não gostaria de morar no País Basco?

Alex arregala os olhos:

– Você gostaria?

– Eu gostaria, sim.

– Porque você se vê morando lá, ou é por causa da sua irmã?

– Ela não está bem. Faz vários meses que a vejo afundar, me sinto impotente aqui.

– Eu entendo, mas aqui temos nossos empregos, a creche do bebê, nossos amigos. E estamos a apenas duas horas de Anglet!

– Duas horas é muito para ir vê-la todos os dias.

Ele suspira.

– Eu entendo, querida, de verdade. Além disso, você sabe que adoro sua irmã. Mas não pode salvá-la o tempo todo. Chegará um momento em que ela terá de cuidar de si mesma. Ela tem quase 30 anos, não é mais uma criança.

– Eu sei...

– Não podemos correr para socorrê-la toda vez que estiver mal. Você já a vê quase todos os fins de semana, isso é bastante, não acha?

– Sim, claro. Mas ela é minha irmãzinha, estou preocupada com ela. Sempre tive a sensação de que este mundo era muito cruel, que ela não estava preparada para ele. Quando penso nela, eu a imagino minúscula, cercada por montanhas imensas.

– Talvez ela precise provar para si mesma que é capaz. Você sabe, superprotegê-la não vai ajudar.

– Essa é uma das coisas mais bobas que já ouvi.

Ele ri.

– Tem razão, percebi isso assim que saiu da minha boca. Mas você não pode viver a vida dela. Você está presente, ela sabe disso. Ela não está sozinha. E também tem sua avó, seu tio, sua tia...

– Muito engraçado! Quando tio Jean-Yves soube que Mima ajudou Agathe a pagar o aluguel no mês passado, fez um escândalo. Ameaçou Mima de colocá-la sob tutela e ainda mandou uma mensagem para Agathe chamando-a de preguiçosa. Isso sim é apoio.

– Bem, então esqueça seu tio e sua tia. Vá passar um tempo lá nas próximas férias, se quiser. Ou convide-a para vir aqui. Mas não podemos largar tudo para ir morar perto dela. Você entende?

Eu balanço a cabeça. Sei que ele está certo.

Ligo meu computador e retomo a busca por apartamentos em Anglet.

HOJE

12 DE AGOSTO

AGATHE

13h23

Emma deixa o carro no estacionamento perto do porto. Pensei que não chegaríamos a tempo, nunca vi alguém dirigir tão devagar. Eu teria chegado mais rápido andando de costas. Ela ainda não sabe por que estamos aqui, apesar das perguntas que fez durante a viagem toda, mas logo a surpresa será revelada.

– Vamos andar de barco? – pergunta Emma enquanto subimos em um píer.

– Que perspicácia!

Ela bate palmas de alegria. Quando descobrir a razão desse passeio de barco, é bem capaz de dar uma pirueta.

Julie e Amélie nos esperam no barco. Emma esteve com as duas várias vezes, mas não sabe o que elas fazem. Elas explicam rapidamente.

Ambas são biólogas. Parte do trabalho delas é estudar os cetáceos que vivem no golfo de Capbreton.

– É um cânion que desce mais de 4 mil metros – explica Julie para minha irmã. – O que o torna excepcional é que ele começa a poucas centenas de metros da costa.

– É um lugar de grande biodiversidade, incluindo muitas espécies de cetáceos – continua Amélie. – Nosso papel é estudá-los para entendê-los melhor e sensibilizar as pessoas para que os protejam. Agathe nos disse que você é apaixonada por golfinhos?

Os olhos de Emma brilham:

– Ah, sim! Eu costumava ter um pôster de *Imensidão azul* pendurado no meu quarto e sonhava vê-los, nadar com eles. Até escrevi para a *Revista do Mickey* perguntando que estudos eu deveria fazer para trabalhar com golfinhos, mas nunca recebi uma resposta.

A decepção claramente sobreviveu aos anos, Emma franze o cenho ao se lembrar dessa desilusão.

– Eu sempre soube que o Mickey era um canalha – digo.

– Não vamos nadar com eles porque não queremos perturbá-los, mas vamos tentar avistá-los – anuncia Julie.

– Sério? – pergunta Emma, olhando para mim.

– Não, foi só uma piada, vamos andar sobre as águas como Jesus. Está pronta?

Ela ri.

– Estou tão feliz, Gagathe! Espero que possamos ver muitos!

14h07

Ela não está nem um pouco feliz. Bem, é a impressão que dá, mas talvez vomitar por cima do guarda-corpo a deixe muito feliz.

O barco para. Julie coloca um fone de ouvido e mergulha na água um cabo ao qual estão ligados um microfone e uma espécie de parabólica.

– Ela está tentando localizá-los – explica Amélie. – No verão é mais complicado, há muita poluição sonora por causa dos barcos de lazer. Mas ainda podemos ouvi-los.

Depois de um tempo, Julie balança a cabeça:

– Vamos procurar mais adiante.

17h34

Ainda não vimos nenhum golfinho, mas a boa notícia é que Emma parou de alimentar os peixes. Julie mergulhou o hidrofone em vários lugares, a diferentes profundidades, sem sucesso.

Emma se senta ao meu lado:

– Estou comovida com sua surpresa.

– Ah, eu só queria ver você vomitar.

Ela pousa a cabeça no meu ombro.

– Se quiser, posso vomitar em cima de você. Uma vingança por todas as vezes em que fez cocô na banheira.

– Mentirosa. Está inventando histórias.

Ela levanta a cabeça e olha para o horizonte. O azul do oceano e o azul do céu se confundem. Com o canto do olho, eu a vejo enxugar a bochecha.

– Amo você, Gagathe.

Ela se vira para mim, em seus olhos encontro a mesma luz da foto de vinte anos atrás, com Alex. Ela me cutuca:

– Não me peça para repetir, você não imagina quanto isso me custou.

– Perdão, pensei que tivesse ouvido errado! Caramba, hoje é dia de festa, Emma está demonstrando seus sentimentos!

– Se queria que eu me arrependesse, você conseguiu.

– Desculpe, fiquei em choque.

Ela ri.

– Como você é chata, Gagathe. Por isso, não vou repetir!

– Não tem problema, eu ouvi, e há testemunhas. Meninas, vocês também ouviram?

Julie e Amélie assentem, rindo.

Nesse momento, a poucos metros do barco, uma barbatana corta a água, depois duas, depois seis.

Emma fica hipnotizada, os golfinhos pulam, brincam ao nosso redor.

– Meu Deus – ela sussurra. – Você está vendo esse espetáculo magnífico?

Sim. Mas é outro espetáculo que me comove: a alegria infantil de minha irmã e seu olhar maravilhado.

19h17

Robert Redford está na frente do portão quando voltamos. Ele conhece o caminho, não precisa de nós para encontrar a casa de Georges. No entanto, pego o gato no colo e sigo na direção da casa do amante de Mima.

Emma me segue sem fazer perguntas, ela entendeu.

A descoberta do quadro me fez mergulhar em um estado de estupefação. Descobrir que minha avó podia ter uma vida sexual, que seus filhos não foram entregues por uma cegonha, era muita coisa para processar. Eu nem tive forças para fazer algum comentário, entreguei o quadro a Georges, ele nos agradeceu, foi embora e pronto.

A porta do número 14 dá para a rua. Bato a aldraba de ferro. Georges abre a porta, Robert Redford salta do meu colo.

– Entrem – ele diz, como se estivesse nos esperando.

Está fresco dentro de sua casa.

– Acabei de abrir as persianas, eu as mantenho fechadas o dia todo – ele explica.

Nós o seguimos por um corredor e entramos em uma sala de estar ampla. Móveis pesados estão dispostos sobre ladrilhos vermelhos. Ele nos faz sentar em um sofá de couro marrom.

– Vocês querem beber alguma coisa?

Emma pede um copo de água, eu aceito um copo de vinho. Enquanto ele sai para nos servir, minha irmã verifica minhas intenções.

– Você sabe que ele é um senhor idoso, Agathe.

– Por que está me dizendo isso?

– Seja gentil com ele.

– Por acaso costumo não ser gentil?

– Isso já aconteceu.

Não tenho tempo para responder, Georges volta e se senta à nossa frente:

– Imagino que vocês tenham perguntas.

A primeira escapa de meus lábios antes que meu cérebro a organize.

– Vocês estavam juntos? Você e Mima, quero dizer. Ou o senhor tem retratos nus com todas as vizinhas?

Ele ri.

– Lamento ter traído nosso segredo, sua avó dava muita importância a ele. Mas a saudade é insuportável, e não tenho ninguém com quem falar sobre ela.

– Por que ela não nos disse nada?

Emma me lança um olhar de censura. Percebo que meu tom foi brusco e tento me corrigir:

– Por que ela não nos disse nada, por favor?

– Seu avô já estava morto havia vários anos quando nos apaixonamos. Mas ela sabia o quanto vocês o amavam, tinha medo de magoá-las. O tempo passou. Ela me disse várias vezes que iria contar a vocês, porém, no fim das contas, nunca encontrou o momento certo.

Ele olha para o vazio, parece mergulhar nos próprios pensamentos. Nós esperamos, em silêncio, atentas às memórias de uma Mima que não conhecíamos. Ele enfim continua:

– Saibam que ela resistiu. Lutou contra os próprios sentimentos. Ela se recusava a amar outro homem que não fosse seu avô. Mas o amor é mais forte que a vontade. Nós fomos felizes. Ah, sim... infinitamente felizes.

A voz de Georges treme. Minha garganta aperta. Imaginar Mima como uma mulher apaixonada me emociona. Fico contente por essa felicidade da qual eu nunca soube.

– Vocês nunca quiseram morar juntos? – pergunta Emma.

– Consideramos essa possibilidade várias vezes, mas nosso relacionamento era tão perfeito que temíamos estragar tudo. Pensávamos que tínhamos tempo. Os anos passaram em uma velocidade insana. No entanto, tínhamos uma regra, da qual nunca abrimos mão: nos víamos todos os dias. Por horas ou por alguns minutos.

– Impossível – eu digo. – Morei com ela por anos e, mesmo depois, eu vinha vê-la com muita frequência. Eu teria descoberto.

Georges me olha como se eu tivesse acabado de perceber que o Papai Noel não existe.

– Não houve um único dia em que não nos vimos – insiste ele, sorrindo.

Minha irmã ri:

– Isso é tão típico dela, nos deixar uma surpresa como herança!

20h14

Nós nos despedimos de Georges com a promessa de manter contato.

– Gosto dele – anuncia Emma enquanto caminhamos em direção à casa de Mima.

– Acho que eu também.

– Muito chateada?

– Claro que não.

Ela me conhece o suficiente para saber que estou mentindo. É evidente que estou chateada. Eu gostaria que Mima tivesse falado comigo sobre Georges, que tivesse compartilhado seus segredos assim como compartilhei os meus. Eu gostaria que ela não tivesse mentido para mim, que tivesse se poupado dessa culpa. Que ela tivesse me poupado da minha. A culpa que eu sentia toda vez que a deixava. Imaginá-la sozinha em casa apertava meu coração. Eu tinha a sensação de que a estava abandonando. Eu teria ficado feliz por ela. O que mais me magoa é que Mima possa ter duvidado disso.

Passando pela casa dos Garcia, vejo Joachim no jardim. Ele acena para mim. Eu também, mas com um único dedo.

ONTEM

FEVEREIRO DE 2014

AGATHE – 28 ANOS

Não sei que horas são e alguém está batendo à porta do meu apartamento. Não tomo banho há três dias, estou fedendo a peixe empanado, mas a pessoa insiste, então vou abrir.

São duas pessoas. Meu tio e minha tia. Pela expressão no rosto deles, não vieram para jogar Banco Imobiliário.

– Mima nos disse que você tinha perdido oito quilos – ele começa.

– ...

– Sua avó não precisa disso. Você precisa parar de lhe contar seus problemas, está fazendo mal a ela, você deve saber.

– Você precisa reagir – acrescenta minha tia. – É incompreensível, você tem tudo para ser feliz.

– Não podemos apoiar isso – ele continua. – Se quiser afundar, tudo bem, mas não arraste minha mãe junto.

– Não estou arrastando ninguém.

– Você se abre com ela, acha que não a afeta?

– Está fedendo aqui – diz minha tia, abrindo a janela. – E a pia está transbordando de louça. Você não pode viver nessas condições!

O julgamento dura cerca de vinte minutos. Os dois procuradores listam todas as acusações contra mim enquanto escuto em silêncio.

– Você abandona todos os seus empregos.

– E troca de parceiro como quem troca de roupa. Você acha que seu pai ficaria orgulhoso?

– As pessoas falam, sabe. Você está envergonhando a família. Não pensa um pouco em nós?

– Não aguentamos mais. Você sempre foi complicada, mas está cada vez pior.

– Você precisa parar de falar com Mima. Vai matá-la se continuar assim!

– Você deveria voltar para sua casa.

Eles me abraçam e vão embora, provavelmente satisfeitos por terem cumprido seu dever. Eu os imagino se parabenizando por terem me sacudido e por terem agido pensando no meu bem.

Durmo o dia inteirinho.

Mima me liga três vezes, eu não atendo.

Não vejo nenhuma saída. Faz meses que estou nesse estado e não consigo vislumbrar as coisas melhorando um dia.

A única pessoa com quem sinto vontade de falar é Emma.

Conversamos por um bom tempo. Principalmente ela. Eu nem tenho mais forças.

– Chego aí amanhã – ela diz. – Você precisa de ajuda. Vou levá-la ao hospital. Você vai ficar lá até melhorar.

– Não.

Quando ela aparece no dia seguinte, continuo dizendo não, mas deixo que pegue minhas coisas, coloque um casaco sobre meus ombros, amarre meus sapatos e me leve para a emergência psiquiátrica.

Ela provavelmente nunca saberá disso, mas está salvando minha vida.

ONTEM
JUNHO DE 2014

EMMA – 34 ANOS

Saímos da cama ao amanhecer. Tomamos o café da manhã no quarto. É um quarto familiar, a cama de casal ficou para Mima, divido o sofá-cama com Agathe.

Mima e eu planejamos uma surpresa para comemorar a saída de Agathe do hospital. "Ela precisa ganhar peso de novo", disse Mima. A Itália se impôs. O que poderia ser melhor do que o país de nossas raízes para que ela se restabelecesse?

Mima tinha ido duas vezes à Itália quando criança e uma vez com vovô. Nós, nunca. Quando éramos pequenas, nossa avó costumava nos dizer que, se ela ganhasse na loteria, nos levaria para conhecer o país de nossos antepassados. Me lembro de Agathe e eu deitadas na cama dela, pedindo que contasse uma história para adiar a hora de dormir, e ela nos falava sobre Rômulo e Remo, o monte Palatino, os sabores dos sorvetes e o perfume das glicínias. Mas a história que mais amávamos, aquela que nos fazia estremecer, era a da Bocca della Verità. Ela nos contou como, quando criança, havia colocado a mão na boca dessa escultura, que, segundo a lenda, se fechava sobre aqueles que não dissessem a verdade. Ela havia mentido pouco antes, para encobrir uma travessura do irmão caçula, e estava com os joelhos tremendo e o coração acelerado, à espera da sentença. Minha irmã e eu ficávamos no mesmo estado, todas as vezes, mesmo sabendo do desfecho feliz.

Ontem, chegando a Roma, foi a primeira coisa que quisemos ver. Ao nos aproximarmos da estátua com a mão estendida, tenho certeza de que nós três tínhamos 10 anos novamente.

São pouco mais de sete horas quando saímos do hotel. Demorei para conseguir acordar Agathe. O tratamento com antidepressivos e ansiolíticos a deixa sonolenta. Ela recuperou o desejo de viver, mas perdeu o entusiasmo. Ela, que costumava se encantar com uma pedra, não reagiu quando sobrevoamos as nuvens. Minha irmã me disse que se sente como se estivesse em uma bolha, imune às emoções. Protegida de seus sentimentos. Se esse é o preço a pagar para que não sofra, estou disposta a aceitar, entretanto fico triste de vê-la tão distante de si mesma.

Chegamos à Fontana di Trevi. Mima está feliz, ela queria estar lá antes que fosse tomada de assalto pelos turistas. Apenas algumas pessoas estão tirando fotos. Um casal em lua de mel faz poses.

Ela tira três moedas da carteira e dá uma para cada uma de nós.

– Atirem na fonte e façam um pedido – diz Mima.

– Você sabia que eles arrecadam 1 milhão de euros por ano? – comenta Agathe. – Não sei para onde vai, mas é um bom negócio!

– Está cedo demais para o cinismo – responde Mima.

Ela pede a uma senhora que nos fotografe e entrega sua câmera.

– Ao menos uma foto será nítida – digo enquanto ela se posiciona entre nós.

Agathe não ri, embora essa seja uma das nossas piadas preferidas. Mima sempre leva um tempo infinito para tirar fotos e, quando as visualizamos na tela, elas estão inevitavelmente tremidas, o que sempre nos diverte muito.

– Prontas? – pergunta Mima, posicionando-se de costas para a fonte, conforme a tradição.

Ela está tão feliz de estar aqui conosco. E sem ter ganhado na loteria.

– Um, dois, três!

Cada uma atira sua moeda para trás. Tenho certeza de que Mima e eu fazemos o mesmo pedido.

HOJE
12 DE AGOSTO

AGATHE

21h03

– Posso visitar vocês nas próximas férias?

Emma faz que sim com a cabeça.

– Com prazer. Você vai ver, nosso apartamento não é grande, mas está bem localizado.

– Fica longe demais do oceano para estar bem localizado.

– As crianças ficarão felizes de ver você.

– Espero que sim!

Para nossa última noite, estendemos uma manta à sombra da tília e improvisamos um piquenique. Nem ela nem eu dissemos isso, mas não queríamos estar rodeadas de gente.

O clima é de fim de férias. Uma alegria despreocupada envolta em nostalgia.

– Eu também amo você.

Emma sorri.

– Você levou quatro horas para responder, é um bom tempo.

– Senti saudades de você, irmã mais velha. Você não tem ideia de quanto.

Ela nos serve de vinho.

– Eu não tinha certeza se você aceitaria – ela diz.

– Está brincando? Eu estava esperando por isso. E foi ainda melhor do que pensei. Ei! Que tal passarmos uma semana de férias juntas todos os anos?

Ela não responde e me estende um pedaço de queijo feta sobre uma torrada. Já não estou com fome (comi tantos tomates-cereja que meus intestinos devem estar produzindo *ketchup*), mas experimento.

– Você está feliz? – ela me pergunta. – Quero dizer, de maneira geral. Em sua vida.

A pergunta me surpreende, já tem um tempo que não a faço para mim mesma. Essa sem dúvida é a melhor prova de que estou feliz.

Passei a maior parte da vida me sentindo diferente, sendo tragada por minhas emoções, dependente do meu humor, pensando, e quase aceitando, que nunca poderia alcançar a tranquilidade. Eu não buscava a felicidade, em parte porque nunca entendi direito o que era e porque mais parecia uma fantasia do que um objetivo. Ninguém me entendia, nem eu mesma. Eu era a causadora de problemas, aquela em quem não se podia confiar, aquela que as pessoas temiam convidar, aquela que exagerava, que era excessiva, que sobrecarregava, cansava, aquela cada vez menos chamada, até ser deixada para trás, no passado. A maioria de meus amigos se cansou desse ciclo interminável. Posso entendê-los. Apoiar alguém, ajudá-lo a se levantar, sentir alívio e, depois, viver uma nova queda, as mesmas palavras, os mesmos problemas, a sensação de não ser ouvido, de não ser útil. Os distúrbios psíquicos causam danos colaterais.

Durante minhas fases depressivas, não estive disponível para ninguém, nem para mim mesma. A depressão é algo sério. Falamos sobre ela em sussurros, reviramos os olhos, como se fosse uma vergonha, como se fosse uma atuação. Esperamos que a pessoa doente se sacuda, que tenha força de vontade, como se ela gostasse de afundar no desespero, como se não esperasse um dia ver a luz que a fizesse suportar a escuridão. Dá medo, acho. Sabemos que ninguém está imune. Ver alguém afundando e testemunhar nossa própria impotência é aterrorizante. Não culpo ninguém. Especialmente, não culpo minha irmã.

Durante minhas fases hipomaníacas, eu ficava exaltada, cheia de planos, mal dormia, gastava meu salário em um dia, me envolvia em novas atividades, me apaixonava, fazia amor de novo e de novo, me achava bonita, me achava inteligente, me achava invencível. Todos me amavam, todos me convidavam. Eu estava bem. Mas isso nunca durava mais que algumas semanas. Às vezes sinto falta desse estado de euforia.

O tratamento transforma meu oceano em lago, minha tempestade em manhã de verão. Os efeitos colaterais são difíceis. No começo, cheguei a interrompê-lo. Assim que começava a fazer efeito e eu me sentia melhor, concluía que não estava doente, que não precisava realmente dele. É claro que sempre havia a recaída, à espreita depois da suspensão. Era preciso que Mima me encontrasse em um estado terrível e que eu visse o sofrimento que isso lhe causava para entender que precisava me tratar.

Minha irmã, segurando um copo na mão, aguarda minha resposta.

– Estou bem. Estou muito bem.

Ela sorri.

– Foi em busca dessa frase que vim.

– E você? – pergunto, acendendo um cigarro.

– Estou feliz, sim.

De repente, ela parece olhar para dentro de si mesma.

– Amo meus filhos, meu marido é incrível, adoro meu trabalho, cresci com o amor de Mima... e tenho a irmã mais extraordinária do planeta.

– Pelo menos isso!

– Sim, pelo menos. Se eu pudesse trocar, juro que não escolheria outra. Sério, pensei muito nisso nos últimos tempos, e posso dizer que tenho uma vida boa. A vida dos meus sonhos.

– Que belo projeto. Uma vida boa. Vou colocar isso no topo da minha lista.

– Antes ou depois do desfile de Jean-Paul Gaultier?

Quase me engasgo com minha torrada. Minha irmã ri da piada ruim e pousa o braço em meu ombro.

– Desejo que a sua vida boa se realize, minha Gagathe.

23h59

Esgotamos todos os assuntos, puxamos o fio das lembranças, como a vez em que pintamos o cabelo uma da outra e eu acabei com reflexos verdes, o dia em que deixamos creme depilatório por tempo demais nas pernas, o dia em que Mima nos pegou fumando atrás da tília, classificamos as receitas de Mima por ordem de preferência, imitamos tio Jean-Yves e tia Geneviève, não consigo mais encontrar uma posição confortável, nossos corpos estão gritando por uma cama, Emma precisa estar descansada para a viagem, mas continuamos aqui, falando sobre coisas sem importância, só para dilatar o tempo.

ONTEM
FEVEREIRO DE 2015

AGATHE – 29 ANOS

Chego cedo à casa de Mima. Toda sexta-feira, já é tradição, venho almoçar com ela. Tive manhã de treinamento no trabalho, saí mais cedo do que o normal. Aproveitei para comprar pão e uma sobremesa, espero que ela não tenha preparado nada. Assim que paro a scooter *na frente do portão, um homem sai do jardim. Mima está parada na frente da casa.*

– Olá, minha querida! Ah, não precisava, preparei crepes!

– Oi, Mima. Quem é esse?

– O vizinho, está procurando o cachorro. Venha, saia do frio.

Comemos enquanto assistimos ao noticiário na televisão, um hábito dela. Mima quase nunca assistia à televisão quando vovô estava vivo. Ela se tornou uma companhia.

– Tem notícias de sua irmã? – ela pergunta de repente.

– Faz alguns dias que não. Acho que falamos na última segunda-feira. Por quê?

– Ela fez exames de sangue ontem, me parece.

– Se não ligou, é porque não deu em nada.

Mima solta o garfo:

– Algum problema entre vocês?

– A gente discutiu um pouco.

– E isso a impede de apoiá-la nesse momento difícil? Ela me pergunta sobre você toda vez que me liga.

Reviro os olhos.

– Mima, você sabe que eu sou a vilã. Emma é perfeita, faz tudo certo, ela é incrível.

Ela ri.

– Meu Deus, o que eu vou fazer com vocês? Não tive uma irmã, só um irmãozinho, e também entre nós às vezes havia um pouco de ciúme. É inevitável, sabe.

– Em primeiro lugar, não estou com ciúme, em segundo lugar, duvido que Emma tenha ciúme de mim. Ela não tem nenhum motivo para ter.

– No entanto, ela me disse recentemente que gostaria de ser tão engraçada e livre quanto você. E acrescentou que você é minha preferida.

– Não acredito em você.

– Ousa dizer que estou mentindo?

– Só nas damas chinesas, é isso?

– Engraçadinha!

A hora de voltar ao trabalho está chegando, Mima embrulha dois crepes em papel-alumínio:

– Para o seu lanche.

– Comi o suficiente por dez dias!

Ela pisca para mim:

– Dizem que você é minha preferida, preciso mimá-la.

– Ela disse isso mesmo? Que sou engraçada e livre?

– Mesmo.

ONTEM
MAIO DE 2015

EMMA – 35 ANOS

Sacha está fazendo 3 anos. Não consigo acreditar. Parece que ele nasceu ontem, juro.

Eu gostaria de me lembrar para sempre, das palavras em que tropeça e de seus bracinhos em volta do meu pescoço. Ele diz "assim" em todas as frases, me pergunta todas as manhãs se pode "acortar", me segue por toda parte com o seu miniaspirador quando limpo a casa, repete "mamãe" o dia inteiro e às vezes, quando realmente preciso dormir, a noite inteira também. Demorei para saborear essa maravilha. Precisei de terapia e remédios para sair do fundo do poço. Agora, há momentos em que a felicidade é tão intensa que chega a doer, a me dar vontade de chorar. Só de olhar para o meu filho.

– Vem, mamãe! – ele diz, pegando minha mão e me puxando até a geladeira. – A dinda qué bolo de socolate.

– Ei! Malandrinho! – ri Agathe. – É você que quer bolo, eu não pedi nada!

Ele faz uma cara de surpresa, mas eu não sou boba. Ele é totalmente capaz de atribuir as próprias ações aos outros. Outro dia, quando perguntei se tinha riscado a parede com meu batom, ele sacudiu a cabeça: "Assim, nem um pouco! Foi o ursinho!".

Mima e Agathe vieram para a festa de aniversário, elas chegaram ontem. Minha mãe também, com Gérard, seu novo companheiro. Margaux e o irmão de Alex também estão aqui. Só estamos esperando os pais dele, e então Sacha poderá comer o bolo de socolate.

– Vem aqui, meu amorzinho! – diz minha mãe pegando meu filho no colo.

Ele se debate, mas ela lhe dá beijos estalados na bochecha, olhando de soslaio para Mima.

– Você ama a vovó, não é mesmo, Sacha? Diga que me ama!

Ele consegue se soltar e corre para o quarto. Alex arruma as bebidas na mesa, ofereço doces aos convidados. Agathe conta uma história engraçada, todos riem. O ambiente agradável me faz esquecer o resultado negativo do teste dessa manhã.

– Está faltando uma cadeira – me avisa Agathe.

– Vou buscar a que temos no quarto.

Atravesso o corredor e pego a cadeira que está em um canto do nosso quarto. Alex costuma atirar as roupas ali quando se despe, em vez de colocá-las diretamente no cesto de roupa suja ou de guardá-las no armário. Isso me deixa louca.

Tenho a impressão de ouvir um barulho.

Um estalo seco.

Um choro.

Entendo imediatamente. Corro para o quarto de Sacha, colado ao nosso. Meu filho está ali, chorando, seu pequeno corpo sacudido por soluços, seu braço apertado pelos dedos de minha mãe.

HOJE

13 DE AGOSTO

AGATHE

7h56

Emma tenta se levantar sem me acordar. Não consegue. Esta noite, pela primeira vez na vida, foi ela que veio se juntar a mim na cama. Estava tremendo, agitada, mas não quis falar. Apenas se aninhou ao meu lado e me abraçou como um bichinho de pelúcia.

– Vou tomar uma ducha – ela sussurra. – Durma mais um pouco, se quiser.

Fecho os olhos, contudo o sono se foi. Resta apenas uma tristeza imensa. Dizer adeus à casa de Mima e à minha irmã no mesmo dia é muito para mim.

8h10

O aroma de café enche a cozinha.

– Que horas sai o trem? – pergunto.

– Onze e vinte e quatro, acho. Tenho que verificar.

– É um direto?

– Não, tenho conexão em Paris.

A conversa parece ser um pretexto para não admitir que estamos tristes. Somos interrompidas pela porta da frente se abrindo. Tio Parquímetro e tia Azeda nos cumprimentam. Eu realmente preciso parar de andar de calcinha pela casa.

– Vocês ainda não foram embora? – surpreende-se Jean-Yves.

Eu olho ao redor.

– Espere, vou verificar. Não, ainda não fomos embora.

– Não iam embora ontem? – pergunta Geneviève, claramente imune a qualquer forma de humor. – Não estamos expulsando vocês, só viemos pegar algumas coisas.

– Mas, aproveitando que estamos aqui, podem nos devolver as chaves. Vocês estragaram alguma coisa?

Ele não é um tio, é mais como um furúnculo.

– Só quebrei a privada – responde Emma. – Comemos pimenta demais, o vaso derreteu.

Eles não reagem. Emma era a única que os dois toleravam, entretanto ela se tornou tão indesejável quanto eu.

Os dois se servem de café, se acomodam em torno da mesa, abrem a programação de TV e começam a resolver as palavras cruzadas. Eles claramente planejam ficar aqui até a nossa partida. Aproveito para fazer algo que preciso fazer há muito tempo.

– Aqui está, tio – eu digo, entregando algumas moedas a ele.

– O que é isso?

– Estou devolvendo os vinte centavos que me emprestou em agosto de 1993 e que você tem cobrado regularmente desde então. Verifiquei a conversão dos francos e levei em consideração a inflação, estou devendo exatos quatro euros e oitenta centavos, mas vamos dizer que acrescentei os juros.

Ele pega as moedas e agradece. Humor não é o seu forte.

Encontro Emma no quarto, ela está falando em voz alta.

– O que está fazendo?

– Agradecendo a cada cômodo da casa, como a nova proprietária nos aconselhou.

Claro que começo a tirar sarro dela. Discretamente, porém, também percorro a casa para agradecer.

Ao banheiro, pelas batalhas de "primeira!", pelos cuidados de Mima com nossos cabelos, por seu perfume no ar, pelo bidê em que eu fazia xixi discretamente quando a privada estava ocupada.

Ao quarto de papai, por todas as noites, todos os sonhos, todas as dores da adolescência, Mima batendo à porta para me acordar.

Ao quarto de vovô e Mima, pela cama-trampolim, pelo armário-esconderijo, pela gaveta dos lenços mágicos, pelas noites em que eles fingiam não perceber que eu ia dormir com eles.

À cozinha, pelos nhoques, pelo zabaione, pela figura de Mima com seu avental, pela panela de chocolate para lamber, pelos "*mamma mia*" em profusão (a cozinha era o único lugar onde Mima falava italiano), pelos armários cheios de guloseimas, pelas bolhas de detergente.

À sala, pelas partidas de damas chinesas em que Mima trapaceava, pelas noites de televisão embaixo de um cobertor, pelos abraços da Mima na poltrona, pelo sol que iluminava o chão, pelas corridas em torno da mesa com os primos, pelo radiador de ferro fundido onde eu me aquecia no inverno, pela voz de Mima, pela voz de vovô, pela voz de papai, pelas vozes de todos os meus ausentes.

Então vamos embora.

9h12

Emma me segue até minha casa. Não havia espaço na *scooter* para transportar todas as coisas de Mima que decidimos guardar.

– Faz tempo que você mora aqui? – ela pergunta.

– Dois anos.

– É maior que o outro, você deve estar mais bem instalada.

– Sim, me sinto bem aqui. Não quero expulsar você, mas não deve demorar se não quiser perder o trem.

– Eu sei. Mas eu...

Ela se cala, fica parada por um momento e então me abraça. Com força. Muita força.

– Tentativa de assassinato, Emma. Você está me sufocando.

Ela solta o abraço e me olha.

– Promete que vai nos visitar logo? As crianças vão ficar muito felizes.

– Prometo. Tchau, antes que eu comece a chorar de novo.

Ela me abraça mais uma vez, me beija na bochecha e vai embora.

ONTEM

NOVEMBRO DE 2016

AGATHE – 31 ANOS

Julie e Amélie registraram os estatutos da associação. A partir de hoje, elas estudam oficialmente os cetáceos do golfo de Capbreton. Para celebrar, nos encontramos na balada. Somos cerca de dez pessoas, conheço a maioria, mas não todas.

Esta é a quarta noite nesta semana que estou festejando. Hoje de manhã, cheguei atrasada ao trabalho e levei uma bronca. Fiquei chateada. Curiosamente, quando saio mais tarde do que o previsto (todas as noites), ninguém reclama.

– Aos cetáceos! – exclama Julie, levantando o copo.

– Aos cetáceos! – respondemos todos, imitando-a.

De qualquer jeito, não me importo. Se não estiverem satisfeitos, que me demitam. Estou fazendo um bom trabalho, as crianças me adoram. Com exceção de alguns atrasos, não têm nada de que reclamar. Eles não me merecem. Posso encontrar outro trabalho quando quiser.

– Vamos dançar?

É um amigo de Julie, não o conheço. Ele não é meu tipo, mas também não é repugnante.

Dançamos. Estou usando meu vestido preto preferido e meu cabelo está preso em um coque. Notei vários olhares, me sinto sexy. Subo no balcão, ele não tira os olhos de mim. Ele me deseja.

Ele me oferece uma bebida, sentamos. Ele coloca a mão na minha coxa, deixo que faça isso. Ele fala em meu ouvido, não consigo ouvir tudo, a música abafa suas palavras, eu o puxo para fora.

Seu carro está estacionado na rua. Somos rápidos. Ele nem tira a calça jeans.

– Desculpe, rasguei sua meia.

– Você me passa seu número?

– Prefiro pegar o seu. Sou casado.

Volto para a pista com as pernas de fora. O DJ toca "24K Magic" de Bruno Mars, Julie e Amélie se juntam a mim e dançamos até o amanhecer.

ONTEM

DEZEMBRO DE 2016

EMMA – 36 ANOS

Sacha foi hospitalizado. Estou apavorada.

Eu estava dando aula quando a escola dele me ligou. Só vi a mensagem durante o intervalo. Ele já tinha sido levado para o hospital. Uma colega me leva até lá, não estou em condições de dirigir. A diretora não viu o que aconteceu, mas explicou que ele caiu da cadeira durante uma aula de pintura e teve convulsões.

Alex já está lá quando chego. Os exames estão sendo feitos. Ele me tranquiliza: Sacha está consciente, eles conseguiram conversar.

São os minutos mais longos da minha vida. Procuro no celular o que pode causar convulsões, o que leio me faz temer o pior.

– Eu não aguentaria se ele morresse.

– Por que está pensando nisso? Ele está em boas mãos, não há razão para que isso aconteça.

– Você não está com medo?

– Estou preocupado, claro, mas sei que tudo vai dar certo.

Tento me apegar à sua certeza, no entanto, a angústia tomou conta dos meus pensamentos. Só quero uma coisa: que me devolvam meu bebê para eu levá-lo para casa.

Meu celular toca. É Agathe. Desligo. Ela liga de novo. Envio uma mensagem.

"Ligo mais tarde."

"Levei um pé na bunda."

"Não posso falar agora, ligo assim que puder."

"Você está em aula?"

"Não."

Não digo mais nada para não preocupá-la. Ela não responde mais.

Pela primeira vez, calculo o sacrifício que tentar protegê-la exige de mim.

Eu preciso da minha irmã, mas sempre penso nas necessidades dela. Não dou espaço para mim mesma nem lhe dou a oportunidade de me apoiar. Esse padrão está começando a atingir seu limite. Às vezes, fico chateada por ela receber sem dar, mesmo quando não permito que dê em retorno.

Incorporei o papel de irmã mais velha quando Agathe nasceu e estou começando a me sentir sufocada por ele.

O médico nos chama após uma espera insuportável. Sacha está recebendo soro, deitado sob um lençol. Ele sorri ao me ver. Eu o abraço, cubro de beijos, aspiro sua pele, sinto seus cachos entre meus dedos, ouço sua voz como se fosse a primeira vez.

O eletroencefalograma e a ressonância magnética não revelaram nada. De acordo com o relato da professora, Sacha teve uma crise epiléptica. Pode ter sido um episódio isolado e nunca mais se repetir, ou pode indicar uma doença subjacente. Ele precisa ficar em observação por duas noites e, se nada acontecer, poderá ir para casa.

Alex vai para casa preparar uma mochila enquanto uma enfermeira transfere Sacha para o quarto. Eu o sigo, vou passar a noite com ele.

Ele adormece rapidamente, sob minhas carícias e palavras de amor.

Encontro Alex na entrada do hospital para pegar a mochila. Nós nos abraçamos chorando, entre aliviados e apreensivos.

Antes de subir, ligo para Agathe, decidida a dar ouvidos às minhas próprias necessidades, a me permitir ser reconfortada por minha irmã.

– Sacha está no hospital, teve uma crise epiléptica na escola.

– Sério? Como ele está?

– Em observação, mas não encontraram nada.

– Que angústia. Mantenha-me informada, certo?

– Certo.

– Sabia que o idiota terminou comigo por mensagem de texto?

HOJE
13 DE AGOSTO

EMMA

9h31

Preciso parar no acostamento. Não consigo enxergar a estrada de tanto que estou chorando.

Perdi a coragem.

Não consegui.

Vim para isso e vou embora sem ter conseguido.

Deixo as lágrimas levarem minha angústia, meu medo, minha culpa. Depois de alguns minutos, elas finalmente param. No rádio, Kyo canta "Dernière Danse", sua última dança.

Enxugo minhas bochechas e dou meia-volta.

ONTEM
OUTUBRO DE 2017

AGATHE – 32 ANOS

"Sinto muito, não aguento mais. Amo vocês."

Deixo a mensagem visível em cima da mesa.
Engulo os comprimidos com gim. Um por um. A caixa toda.
Me deito na cama.

Envio uma mensagem a Emma.

ONTEM

DEZEMBRO DE 2017

EMMA – 37 ANOS

Faço um bate e volta todos os fins de semana para cuidar da Agathe. Ela passou uma semana no hospital, não quis ficar mais. Não dissemos nada a Mima. Ela está com idade demais para isso.

Convidei-a a morar conosco, mas Agathe não quis. Fiquei aliviada. Me senti culpada por ter ficado aliviada.

Ela está melhor. Voltou ao trabalho e começou a sair de novo.

Sacha demanda muito de mim. Ele faz xixi na cama com frequência.

Estou exausta. Grito muito.

Nunca termino minhas refeições.

Pausamos o protocolo de fertilização in vitro. *É impensável engravidar nessa situação.*

Alex me apoia, mas não é suficiente. Eu gostaria que alguém pudesse me carregar, me infundir força. Sinto-me naufragar.

– Você não quer mesmo vir morar no País Basco? – pergunto a Alex durante o jantar.

– Não, querida, não é uma boa ideia.

– Certo.

– Mas acabou de abrir uma vaga interessante em Estrasburgo.

Ele ri, como se fosse inconcebível. No entanto, quando diz "Estrasburgo", é "partir" que ouço.

– Candidate-se.

Ele arqueia as sobrancelhas e vê que não estou brincando. Ele faz que sim com a cabeça, e eu me sirvo de mais gratinado.

HOJE

13 DE AGOSTO

AGATHE

10h48

Estou deprimida na cama, com a Luciole brilhando em meus braços, quando alguém bate à porta. Emma não espera que eu abra e entra. Ela se senta na cama a meu lado.

– Preciso contar uma coisa.

Ela está sem fôlego. Eu prendo minha respiração.

– Encontraram uma porcaria dentro de mim, um câncer no pâncreas.

Perco totalmente o chão. Aperto Luciole contra o peito, sua cabeça se acende.

– A quimioterapia não funcionou, nem a radioterapia.

De repente, entendo tudo. Seus cabelos curtos. Sua magreza. Seu cansaço. Sua ausência no enterro de Mima.

– O tumor está em um lugar difícil. – Sua voz fica apertada. – Não tem como operar, Gagathe.

Fico sem ar, minha cabeça gira. Tudo se embaralha. Grito em minha mente. Não quero ouvir o resto.

Ela entende sem que eu precise falar. Balança a cabeça e murmura:

– Desculpe, irmãzinha.

Meu corpo treme, sinto vontade de vomitar. Me levanto, Luciole cai no chão, abraço Emma com todas as minhas forças. Pela primeira vez, sinto que ela se entrega. Estou apavorada. Eu a abraço ainda mais. Quero acabar com sua dor. Destruir seu medo.

– Não vou soltar você, Emma. Prometo.

AMANHÃ
UM ANO DEPOIS

AGATHE

O céu está de um azul pálido. Sobre um aglomerado de nuvens, o sol recém-nascido lança uma luz rosada. As ruas estão quase desertas, passo por pouquíssimos carros e por alguns gatos que fogem ao som da minha *scooter*.

Ainda estava escuro quando acordei. Acalentei a esperança de voltar a dormir, rolei de um lado para o outro, mas o fluxo de pensamentos me empurrou para fora da cama. Meu corpo e minha mente estão em total desacordo há meses, parecem um casal à beira do divórcio. Enquanto o primeiro está letárgico, a segunda escancara janelas, esvazia armários e esfrega azulejos com uma escova de dentes.

Levantei-me do sofá onde estou dormindo há uma semana, me vesti no escuro e saí do apartamento na ponta dos pés. Fomos dormir tarde ontem à noite. Levei-os para Itxassou, para a Noite das Estrelas Cadentes. Sacha me impressionou, ele conhece todas as constelações.

– É por causa do livro que você me deu! – ele disse.

No Natal, seguindo o conselho de Emma, dei a meu sobrinho um livro de Astronomia. Ele pareceu contente, mas meu presente não foi páreo para o par de tênis que seus pais tinham deixado embaixo da árvore. Fiquei pasma com o tamanho.

– Meu Deus, que número você calça? – perguntei.

– Trinta e oito – ele respondeu, indiferente.

– Mas não é possível! Você tem 10 anos!

Ele riu.

– Não ria, Sacha! Se continuar assim, seus pés vão ficar do tamanho do seu corpo, e seus colegas vão usar você para traçar ângulos retos.

– Tia...

– Embora isso também tenha suas vantagens. Você não precisa de esquis, já está equipado.

Ele revirou os olhos:

– Eu preferia quando você não aparecia.

Fiquei sem palavras. Todos ficaram imóveis, e o maldito moleque começou a rir.

– Estou brincando, tia! Viu, eu também tenho senso de humor!

Dei um beijo na testa dele, orgulhosa de ter passado essa herança para a frente. Emma e Alex voltaram a respirar, e Alice veio se agarrar ao meu pescoço, como fazia com todos que abraçassem seu irmão.

Foi o meu Natal mais bonito. Ele teve o sabor das últimas vezes.

O ar ainda fresco acaricia meu rosto. Estaciono minha *scooter* na calçada e desço os degraus que levam à praia. O sol lança seus raios na rocha furada e pouco a pouco devora a sombra projetada na areia pelos prédios. Ao longe, uma mulher passeia com um cachorro.

Ontem à noite, contamos dezessete estrelas cadentes. Alice viu mais, contudo evitamos dizer a ela que eram aviões. Alex a levou para o carro, ela acabou adormecendo.

Na próxima semana, pela primeira vez, vou ficar com Alice e Sacha durante as férias. Sozinha com eles. Planejei atividades demais para uma semana, mas haverá outras ocasiões. Muitas outras. Voltaremos a La Rhune, eles adoraram os pôneis. Sacha quer aprender a surfar. Julie nos levará em um passeio de barco, espero que possamos ver golfinhos.

Embora seja impossível recuperar os cinco anos perdidos, as lembranças que estamos construindo preenchem os vazios. Amo esses dois perdidamente. Por um lado, porque são filhos dela. Alice tem o riso de minha irmã; Sacha, seu olhar profundo. Eu a vejo neles. Observo a relação deles, a maneira como se comportam um com o outro, os momentos que compartilham a sós, a doçura do irmão mais velho, a inocência da irmã caçula, uma linguagem que é só deles, e enxergo nós duas, Emma e eu, conversando sem dizer nada, adormecendo uma ao lado da outra, de mãos dadas para nos sentirmos mais fortes. Por outro lado, porque eles são eles. Sacha tem um humor mordaz e uma sensibilidade transbordante, é apaixonado, tem um entusiasmo expansivo e uma raiva vulcânica. Ele me lembra alguém. Alice é gentil, às vezes um pouco chiclete, não suporta ficar sozinha, faz de tudo para ser amada, dorme com um rebanho de bichinhos de pelúcia e rouba bolinhos para comer no quarto. Encontramos os pacotes vazios dias depois.

Eles se tornaram essenciais.

Os grãos de areia se insinuam entre os dedos dos meus pés. Está friozinho, úmido. Deixo minhas coisas perto da água. A maré está baixando, como indica a marca mais escura na areia. Dou os passos que me separam do mar. O primeiro contato sempre é um susto. Depois nos acostumamos.

Pensei em me aproximar deles. Morar na Alsácia, mesmo que isso signifique deixar meu País Basco e meu amado oceano. Ontem, depois que as crianças foram dormir, Alex me disse que havia pedido transferência no trabalho.

– Para onde vocês vão? – perguntei. – Espero que não seja para mais longe, já estão no fim do mundo!

– Para cá – ele respondeu. – Tem uma agência em Bayonne. É superconcorrida, mas, com meu tempo de trabalho, tenho boas esperanças de ser aprovado.

Senti as lágrimas aparecerem.

– Isso significa que vocês vão vir morar aqui?

– Boa dedução, Einstein. As crianças adoram você, ainda que eu não entenda por quê, mas não posso competir.

Comecei a chorar e rir ao mesmo tempo. Não foi bonito de ver.

– Você é realmente o melhor cunhado, Batata Frígida!

Ele apenas sorriu, e isso disse tudo.

O oceano dança em torno de meus quadris. Mergulho assim que a profundidade permite. Nado rente à areia, trancando a respiração, envolta pelo silêncio.

Emma morreu no dia 2 de fevereiro.

Eu estava com ela. Nós estávamos com ela.

Alguns dias antes, eu tinha ido ao hospital com meu computador para vermos *Titanic*. Ela pegou no sono várias vezes, exausta. Os créditos a acordaram.

– Você não perdeu nada – eu lhe disse. – Jack ainda morre no final.

Ela sorriu, sem forças:

– A morte de Jack não é o fim do filme, Gagathe. O fim do filme é Rose alçando voo e devorando a vida.

Na hora, não entendi. Minha irmã estava me passando uma mensagem.

Eu gostaria de poder dizer que não sinto sua falta. Estou aprendendo a viver sem ela, mas não faço isso de boa vontade. Ainda espero acordar desse pesadelo. Eu daria tudo, absolutamente tudo, para ouvir a voz dela mais uma vez, em algum lugar que não os milhares de vídeos que fiz. Para enterrar meu nariz em seu ombro, fazer um penteado estranho nela, inventar uma nova coreografia, deixá-la chamar minha atenção porque não arrumo as facas na direção certa, interceptar seu olhar enquanto tenta conter um ataque de riso, sentir sua impaciência quando está atrasada, ouvi-la massacrar Céline Dion, vê-la fazendo a lista de compras em ordem alfabética e, acima de tudo, sentir sua mão na minha. A verdade é que sua ausência me habita. Eu a procuro nos olhos de Sacha, nos sorrisos de Alice, em todos os gestos de Alex.

Ainda não sei como viver sem ela.

Mas estou em pé.

Pior, estou viva.

Minha irmã estava certa. A morte de Jack não é o fim do filme.

Ainda temos muitas cenas pela frente.

Prometo, Emma. Vou devorar a vida antes dos créditos finais.

Volto à superfície e inspiro profundamente.

Sinto o ar em cada célula do meu corpo, como um impulso, um instinto, uma urgência. Tudo bate mais forte.

No horizonte, nenhuma onda. O oceano está adormecido. Me deixo cair e fico de costas. Meus cabelos flutuam ao meu redor, o sol irradia uma luz vermelha atrás de minhas pálpebras.

Emma adorava boiar.

Abro a mão e quase consigo segurar a dela.

AGRADECIMENTOS

Obrigada, Marie, por segurar minha mão desde os meus 6 anos. Dizem que fiz birra quando soube que nossos pais teriam outro bebê. Você logo me fez mudar de ideia, com sua cabecinha careca e seus cocozinhos flutuando na banheira. Eu não poderia ter sonhado com uma aliada melhor para atravessar esta vida. Se não tivéssemos o mesmo sangue, eu a teria escolhido como irmã. Amo você, pequena.

Obrigada a meus filhos, vocês são minha maior inspiração. Que alegria vê-los crescer de mãos dadas, ouvi-los rir de coisas que só vocês entendem, e discutir e esquecer tudo em um minuto, construindo memórias comuns.

Obrigada a meu marido por ser meu primeiro revisor (às vezes um pouco excessivo), por aceitar meus personagens à nossa mesa e por compartilhar minha alegria de viver essa aventura muito louca.

Obrigada à minha família pelo apoio, orgulho e amor. Tenho muita sorte de ter aterrissado entre vocês. Mãe, obrigada por me acompanhar sempre que possível, é ainda melhor quando você está junto.

Obrigada a meus amigos por estarem presentes a qualquer hora, por compartilharem risos e lágrimas, e por nunca me culparem por meus silêncios quando a escrita me consome.

Obrigada à minha querida editora, Pauline Faure. Você diz que não, mas foi infinitamente importante ao longo de toda a escrita deste livro. E um grande obrigada a Camille pela fala do faquir!

Obrigada à editora Flammarion, em especial Sophie de Closets e Carole Saudejaud, que tive a felicidade de encontrar nesta nova casa, e Guillaume Robert, Laetitia Legay, Marie Nardot, Julie Kowarski, Vincent Le Tacon, François Durkheim, Claire Le Menn, Sophie Raue por me receberem com tanto calor e entusiasmo.

Obrigada às equipes do Livre de Poche, que alegria continuar essa jornada com vocês! Um agradecimento especial a Béatrice Duval, Audrey Petit, Zoé Niewdanski, Sylvie Navellou, Anne Bouissy, Ninon Legrand, Florence Mas, Dominique Laude, William Koenig, Bénédicte Beaujouan, Antoinette Bouvier, Maïssoun Abazid, Céline Selbonne.

Obrigada às primeiras pessoas que leram o manuscrito; seus *feedbacks* foram preciosos: Arnold, Muriel, Serena Giuliano, Sophie Rouvier, Cynthia Kafka, Marie Vareille, Baptiste Beaulieu, Camille Anseaume, Alice Morgado, Eva Wenger, François Coune.

Obrigada aos livreiros por serem pontes entre os leitores e os autores. Obrigada por apoiarem meus livros com entusiasmo.

Obrigada aos representantes comerciais, aqueles que, à sombra, levam os livros para a luz.

Obrigada aos blogueiros e blogueiras; sempre me emociono com o tempo e a energia que vocês colocam no compartilhamento de sua paixão.

Obrigada a vocês, queridas leitoras e queridos leitores. Eu já disse isso antes, estou me repetindo, mas essa jornada é tão bela porque é compartilhada com vocês. Escrever é meu sonho de infância, eu pensava que ver meu nome na capa de um livro me deixaria realizada. Isso acontece, mas eu não imaginava que o que mais me realizaria seria o vínculo que essas histórias criam junto a vocês. Ler seus comentários é sempre uma experiência muito poderosa, conhecê-los é uma ainda maior. Toda vez que escrevo um novo romance, me pergunto quem se interessará por ele além de mim. Escrevo sobre o íntimo, sobre emoções que me atravessam, situações que me comovem. Repito para mim mesma durante todo o processo de escrita: "Ninguém vai achar relevante". Sigo em frente assim mesmo, sem me preocupar com esses pensamentos. Recuso-me a ser guiada pelas expectativas, quero continuar escrevendo com uma bola no estômago e lágrimas nos olhos.

A cada romance, porém, vocês desmentiram essa apreensão. Sou incapaz de explicar, é um fenômeno que está além de mim, mas que me faz pensar que, no fundo, somos todos um pouco iguais.

Então, obrigada por suas palavras, por seus sorrisos, por seu entusiasmo e sua presença. Em meio a toda essa confusão, é reconfortante saber que não estamos sozinhos.

Este livro foi composto com tipografia Adobe Garamond Pro e
impresso em papel Off-White 70 g/m² na Formato Artes Gráficas.